葉甫蓋尼·奧涅金

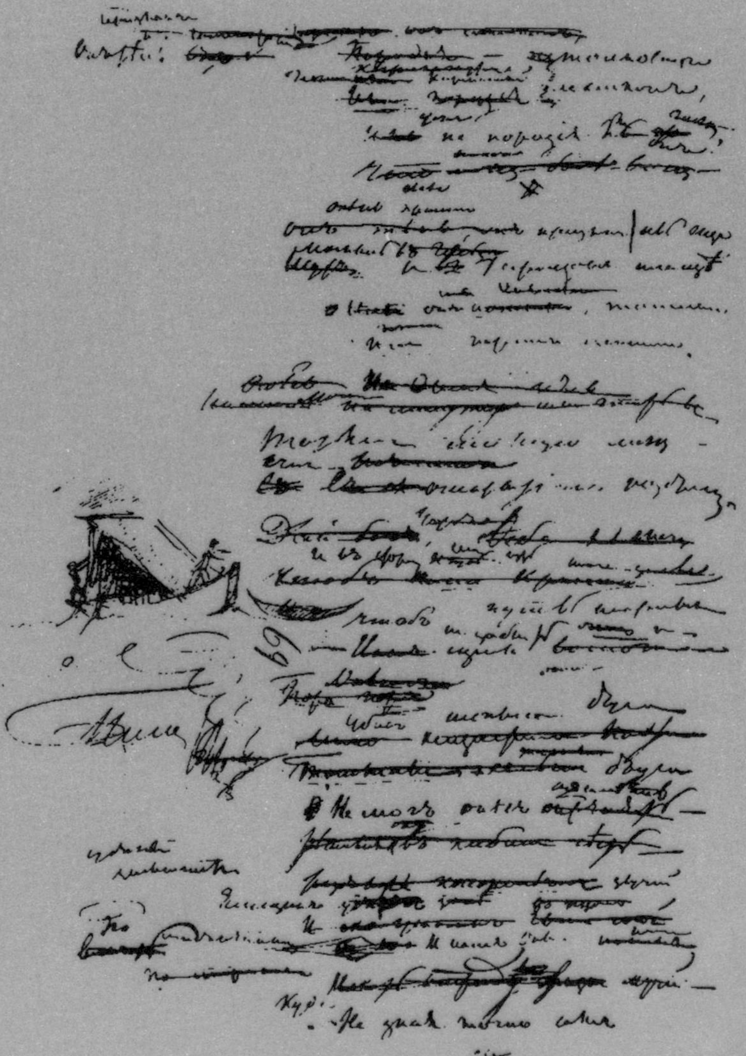

亞歷山大·謝爾蓋耶維奇·普希金

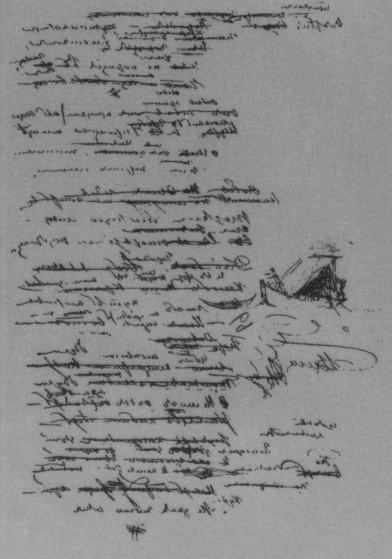

閱讀這本書

本書是一本由連續的十四行詩所構成的長篇韻文小說，故事分爲八章，共三百八十九個詩節。本書按詩節分頁，每頁的章節編號標記於頁面右上角。除小說本文以外，本書另有「奧涅金旅遊的片段」及不完整的「第十章」收錄於書末附錄。

本書頁面上半部爲原作內容，下半部爲注解。注解分爲兩類：作者普希金原注及繁體中文版譯者宋雲森譯注。作者注在原作內容中以■標示，注釋內容統一置於第八章後的「普希金原注」一章裡，讀者可依該注釋出現的章節編號對照閱讀。譯者注在原作內容中以■標示，注釋內容置於該頁下方。

另外，讀者在書中會發現若干以刪節號表示之內容，刪略部分或爲整首詩、或爲部分詩句，甚至有些章節僅有編號卻無內容。本書完全參照俄國國家文學出版社一九六〇年出版版本，完整呈現原著內容。上述之刪減是普希金有意爲之、政府審查刪除，亦或在流傳中遺失，留給讀者及學者自行解讀。譯者宋雲森教授於書後附錄的「關於葉甫蓋尼·奧涅金」一文中，對此有更深入的探討，有興趣的讀者可以參考閱讀。

章：節

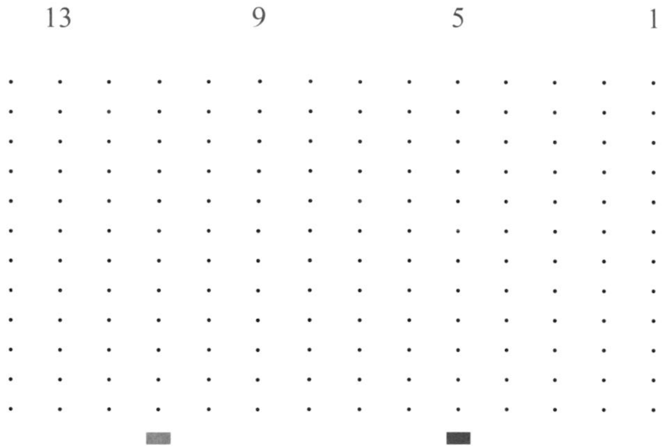

■ 譯者注。

■ 作者注。注釋內容請參照「普希金原注」一章。

目次

附錄

奧涅金旅遊的片段

第十章

譯者導讀：關於葉甫蓋尼・奧涅金

學者推薦：攀登俄國文學的一座高山

譯者序

西方人可能知道，普希金之於俄國人，正如莎士比亞之於英國人，或歌德之於德國人。但是，俄羅斯人對待普希金宛如神壇上的聖像，西方讀者總覺莫名其妙。對於絕大多數西方人而言，普希金的地位還不如杜斯妥耶夫斯基與托爾斯泰等偉大的俄國小說家。

然而，杜斯妥耶夫斯基卻說：「我們的一切都是從普希金開始」，托爾斯泰則表示：「普希金是我的創作之父」。何以杜斯妥耶夫斯基與托爾斯泰對普希金如此推崇，西方讀者深深不解。最重要的原因是：普希金的創作雖然包括小說、戲劇、童話、歷史、文學評論等，但他最具代表性的作品卻是詩歌。因此，俄國人尊奉他爲「俄國詩歌的太陽」。而在各類文字藝術中，詩歌最具民族特色，也最難翻譯爲外國文字。

普希金最重要的創作是詩體長篇小說《葉甫蓋尼．奧涅金》（以下簡稱《奧涅金》）。我們檢視各種文字譯本的《奧涅金》，很難尋獲俄國人閱讀原作時內心的狂喜與感動。正如以上所述，最主要原因是詩歌翻譯的困難。此外，《奧涅金》不僅是詩歌，也是寫實小說，因此更添加作品翻譯的挑戰。書中許多對十九世紀二〇年代俄國不同層面日常生活細節的描寫（例如酒宴中的各項菜餚、奧涅金起居室的各項擺設等），透過普希金生花妙筆所創造的圖畫感，俄國人感覺妙趣無窮；透過作者文字流暢、優美的韻律所創造的音樂性，俄國人心靈深深悸動。但外國讀者從譯文中看到的只是當時生活瑣碎而寫實的重現，很難感受《奧涅金》的優美與詩意。

著名的俄國旅美小說家兼詩人納博科夫（V. V. Nabokov, 1899-1977）於一九六四年出版的翻譯至今仍是世界上最受矚目的《奧涅金》英文譯本。納博科夫爲自己的翻譯感到自豪，認爲自己「將普希金的句子逐字逐句地重現」（a literal rendering of Pushkin's sentences）才是最佳的《奧涅金》譯本。他批評之前的一些譯本，如昂特（Walter Arndt）教授的翻譯，過度拘泥於詩歌的韻律與韻腳，而未精確呈現原著之意義。納博科夫的譯作在文學界掀起論爭浪潮。

批評家沙里斯貝利（Harrison E. Salisbury）於「紐約時報」上表示，納博科夫的翻譯重現「俄語原文的火熱與光芒」（the glow and sparkle of their Russian original）；俄國文學著名研究者托瑪斯・蕭（J. Thomas Shaw）於「斯拉夫與東歐期刊」指出，納博科夫的翻譯與其《〈葉甫蓋尼・奧涅金〉譯釋》二者合併，

「或許堪稱是他的絕世巨作」（perhaps his ultimate masterpiece）。然而，納博科夫的好友，批評家威爾森（Edmund Wilson）卻在「紐約書評」（New York Review of Books）上嘲笑納博科夫的翻譯很讓人失望。威爾森的評論讓納博科夫深感不滿，兩人的友誼也從此歸零。後來一位《奧涅金》翻譯者費倫（James E. Falen）於一九九〇年譯作的序言中認爲，納博科夫的翻譯強調意義的精確，卻忽視詩歌的韻律與韻腳，也是一種對原文的不忠實。

以上爭議的焦點是詩歌翻譯時形式（韻律與韻腳）與內容（意義）何者爲重。不過，費倫認爲，英文與俄文詩歌的詩節、格律、韻腳的原則有不少相似之處，因此翻譯時，形式與內容是一體的兩面，相輔相成，不應該是互相排斥的兩極。然而，我們仔細比對，仍可發現普希金的原著在費倫的譯作中仍有不少意義流失之處。

至於《奧涅金》的第一部中文全譯本是：普式庚著，甦夫譯，《奧涅金》（桂林絲文出版社，1942）。此譯本內容與原著出入頗大，文字粗糙、草率，據判斷應該不是譯自俄文。中文第一部譯自俄文的是呂熒的《歐根·奧涅金》（1943）。呂熒認爲，「如果勉強顧全音韻的格律，勢必將要犧牲語言的純樸」，所以他採用自由詩體翻譯。

大陸資深翻譯家谷羽強調，詩歌翻譯應在「節奏、韻律方面有意識地參照原作，再現原詩的格律與風采，盡力傳達原詩的音樂性」。谷羽對俄詩的研究與翻譯的功力確有獨到之處，讓人佩服。但本人自認功力不足，若將谷先生的原則應用於寫實的詩體長篇小說《奧涅金》的翻譯，恐將處處陷入捉襟見肘之困境。

前述的翻譯家費倫雖然完成《奧涅金》的翻譯，但仍然認爲《奧涅金》是「無法翻譯之作品的經典實例」（a classic instance of the untranslatable work）。本人在翻譯《奧涅金》的過程中，深深體會翻譯界流傳已久的名言：譯者也，叛者也（Translators are traitors）。因此，不敢奢求本人的翻譯贏得多數前輩與專家的認同，只求在符合原著內容的原則下，盡量維持漢語的純粹性，並盡可能採用漢語的修辭（如對仗、排比、頂眞等）與押韻手段，以提升譯文的流暢，以及圖畫感與音樂性。至於韻律與韻腳，甚至句序與行數等，本翻譯都不勉強要求與原文絕對相符。若有讀者從本翻譯中體會幾分樂趣與詩意，並因此對俄國文學與普希金創作產生興趣，本人將會心滿意足。

另外，《奧涅金》一書裡，有不少空白詩節。這些空白詩節在普希金的手稿中，有的可以找到未定稿，有的根本沒有原稿。在出版的著作中，空白詩節有的標明節號，但內容以虛線表示；有的數節合併爲一節；有的數節合併並標示節號，但內容全無；有的是某節中刪略數行，以虛線代替。對此一現象，不僅一般讀者，就連學者、專家、譯者都感疑惑。有人推測原因，可能是普希金當時爲應付沙皇之文字檢查，以利出版，而自行刪去；但納博科夫卻認爲，這些空白詩節是「音樂性的停頓」，是「沉思的停頓」，是「對被忽略的心跳聲的模仿，情感虛擬的地平線」。

最後須指出，不同的俄文版本裡，《奧涅金》的內容不盡相同。本翻譯根據的版本爲：А.С. Пушкин, «Собрание сочинений в десяти томах», том 4, Москва: Государственное издательство художественной литературы, 1960。內容除《奧涅金》本文外，還附有《普希金原注》、《奧涅金旅遊的片段》、不完整的《第十章》。

對於本翻譯，若蒙專家與讀者不吝賜教，本人將虛心接納。

宋雲森

台北木柵，二〇一八年十月三十一日

葉甫蓋尼・奧涅金

滿懷的虛榮，
更有與眾不同的傲氣，
讓他用同等的淡漠
承認自己所作所爲
不管是良善，還是邪惡——
這就是自負的結果，
或許也是一種妄念。

——摘自私人信函

■原文為法文。據判斷，這段文字應出自普希金本人之筆。

無意取悅驕傲的世人，
只愛友情的關懷，
但願獻給你一個誓言，
你當之無愧，
它更匹配你美好心靈，
你那心靈
充滿聖潔的夢想，
充滿鮮明的詩情，
充滿崇高的純樸與思想；
就這樣吧——

請莫嫌棄，伸出手掌，
接受這天花亂墜般的章節，
這半是可笑、半是哀愁、
很平民化，卻充滿理想的章節，
是信手捻來的遊戲之作，
是輾轉難眠、心血來潮、
是青澀、卻也是凋零歲月之作，
是頭腦冷酷的觀察，
是心靈悲傷的印記。

1

生活也匆匆，感受也匆匆。

——維亞澤姆斯基公爵

■維亞澤姆斯基（П. А. Вяземский, 1792-1878），十九世紀俄國著名詩人，也是普希金好友。這句話引自他的詩歌《初雪》（Первый снег, 1819）。

「我的伯父講究規矩，
就是病得奄奄一息，
也要讓人畢恭畢敬——
虧他想出這好主意。
他的身教是別人的典範；
但是，老天，多麼無趣，
陪著病人，日日夜夜，
寸步不離！
什麼樣低級把戲，
好取悅半死老兒；
得爲他擺好枕頭，
忡忡然侍奉湯藥，
心長嘆暗自忖道：
何時鬼兒把你找！」

21 ноября
1830
Болд.
Предисловие.
к Ев. Онег.

少年浪子如此尋思，
風塵滿天，驛車飛馳。
按照宙斯至高無上旨意，
他是所有親屬的繼承者，
柳德米菈與魯斯蘭之友！■
閒話少說，毋需前言，
容我爲看官介紹
本小說的主人翁：
我的好友奧涅金，
生長於涅瓦河畔，
或許您也是誕生於此，
或許您有過輝煌歲月；
各位看官，
我在此也曾遊戲人生，
北方對我卻不甚友善。■

■ 柳德米菈與魯斯蘭是普希金長詩《魯斯蘭與柳德米菈》（Руслан и Людмила, 1820）中的男女主角。

■ 所謂涅瓦河畔，指的是涅瓦河畔的彼得堡。彼得堡位於俄國北方，也是俄國朝廷所在地。普希金詩歌頌揚自由主義，得罪當道，於一八二〇年遭流放南方邊陲。因此，普希金的「北方於我卻不甚友善」，是話中有話。

父親一生盡忠職守，
落得一身債台高築，
舉辦舞會每年三場，
散盡家產落魄收場。
葉甫蓋尼老天保佑：
法國太太照顧在先，
法國先生接替在後。
孩子調皮卻是可愛。
拉貝先生法國窮漢，
不讓孩子過度傷神，
上課教書有說有笑，
道德訓誡無聊不要，
孩子胡鬧數落幾聲，
夏日花園帶往閒逛。■

■夏日花園（Летний сад），位於涅瓦河岸，是彼得堡著名的休閒景點，園中綠蔭處處，並點綴著許多希臘神祇的雕像。

1:4

騷動不安好年少，
葉甫蓋尼正青春，
滿懷希望與春愁；
法國先生捲鋪蓋，
無拘無束奧涅金；
流行時尚新髮型，
倫敦潮男好打扮，■
終於躋身社交圈。
不論下筆或說話，
法語可是頂呱呱；
瑪祖卡舞跳得佳，■
鞠躬致意真瀟灑；
如何評論其品貌？
聰明討喜人稱道。

■瑪祖卡舞（мазурка），波蘭文為 Mazurek，發源於波蘭馬佐夫舍（Mazowsze）地區的民族舞蹈，於十九世紀盛行於歐洲各國，成為宮廷與上流社會男女團體的交際舞蹈，其形式至今仍保存於某些芭蕾舞舞劇之中。

讀書寫字人人行，
馬馬虎虎都來點，
感謝上帝有必要，
賣弄學問何所難。
眾口同聲奧涅金，
（鐵面無私眾裁判）
博學多才少年郎，
好似學究愛賣弄：
得天獨厚好本領，
談天說地樣樣通，
信手拈來真輕鬆；
論戰方酣多緘默，
滿腹經綸才子樣，
神來一句俏皮話，
博得女士會心笑。

說起拉丁文，
今日不流行：
不妨把話說分明，
他懂拉丁文，
識得古碑文，
談空說有玉維納；■
信末愛附拉丁話，
一句問候祝健康；
背誦兩段《伊尼特》，■
大致記得偶有誤。
風土人情事，
塵封舊史實，
埋首紙堆沒興致；
從羅慕路詩到當今世事，■
妙聞趣事牢記在心裡。

■玉維納（Decimus Junius Juvenalis，大約 60-127），古羅馬諷刺詩人。

■《伊尼特》（The Aeneid, 29-19 B.C.），古羅馬詩人維吉爾（Publius Vergilius Maro, 70-19 B.C.，英文稱為 Virgil）的著名史詩。

■羅慕路詩（Romulus），傳說中西元前八世紀羅馬城的建立者，「王政時代」的第一任國王。

他對於詩律沒有多大熱情，
捨不得對此浪費生命，
不論我們如何絞盡腦汁說明，
他總是無法區別揚抑與抑揚，■
批判荷馬與特俄克里托斯■
他卻愛讀亞當·史密斯，
對於經濟他在行，
也就是他能高談闊論：
國家如何能致富，
國家依靠什麼生存，
國家何以不需要黃金，
國家生產只要運作正常。
父親聽不懂他的大道理，
於是抵押良田與土地。

■ 抑揚格（ямб）與揚抑格（хорей）都是俄國詩歌的格律。

■ 荷馬（Homeros），古希臘著名詩人，約生活於西元前九世紀到八世紀；特俄克里托斯（Theokritos），古希臘詩人，約生活於西元前四世紀末至三世紀前半。

1：8

葉甫蓋尼還知哪些事，
本人無暇一一說分明；
什麼眞是他的天才事，
什麼本領他是最強勢，
竟讓他打從少年時，
奔忙、痛苦又舒適，
牽腸掛肚終日，
意興闌珊度日；
那是甜蜜蜜的戀愛事，
奧維德歌頌的大本事，■
此君爲它煎熬與心痛，
割捨燦爛一世的躁動，
離開義大利遠走他處，
摩爾達維亞草原深處。

■奧維德（Publius Ovidius Naso），古羅馬詩人，生於西元前四十三年，死於西元十七或十八年，代表作有敘事長詩《變形記》（Metamorphoses）。

13 9 5 1

他年紀輕輕，會假意虛情，
會掩藏希望，會忌妒他人，
會讓人不信，會讓人相信，
看似憂鬱又苦悶，
看似驕傲又溫順，
看似有情又無情！
他既沉默寡言又慵懶，
他既能言善道又激情，
寫起情書貼心又隨興！
爲同一個夢而生，
爲同一顆心而愛，
他會把自己忘懷！
他匆匆地多情一瞥，
又是大膽，又是羞怯，
有時閃動溫馴的淚水！

花樣翻新是他的拿手好戲，
談笑風生讓無邪少女驚奇，
故作落魄讓人掛心，
花言巧語討人歡心，
捕捉瞬間柔情，
用機智與熱情，
消弭天眞少女的誤解；
靜待情不自己的溫存，
挑動滿腹衷情的傾訴；
聆聽內心初次的顫動，
追求愛情他蠢蠢欲動，
忽地心想竟事成，
得有佳人來幽會……
從此相見幽靜裡，
賣弄學識與見聞！

他很早便能耐不小，
讓情場嬌娃心蕩神搖！
當他把主意拿好，
要把那情敵徹底擊倒，
聽他如何把人挖苦嘲笑！
瞧他如何給人設下圈套！
你們這些丈夫傻頭傻腦，
竟然與他結交表示友好：
籠絡他的是個滑頭的丈夫，
是福布拉斯昔日的門徒，■
還有個生性多疑的老頭，
有個得意洋洋，其實頭戴綠帽，
卻老是自我感覺良好，
把佳餚與妻子當作自己的驕傲。

■ 福布拉斯（Faublas），十八世紀末法國著名作家庫弗萊（Louvet de Couvrai, 1760-1797）的小說《福布拉斯騎士的情史》（Les Amours du chevalier de Faublas，1787-1789）中的主角，一個以勾引人妻為樂的角色。

13 9 5 1

時而在清早，依然高臥在床，
有人送來幾封便函。
有啥事情？邀請函？果然，
有三戶人家邀赴晚宴：
這家舞會，那家孩兒狂歡。
我這頑皮少年往誰家赴宴？
打從哪家開始？不都一樣。
輕輕鬆鬆搞定，不用費神。
暫且穿著晨間便服，
戴上寬邊波利瓦帽，■
奧涅金來到林蔭道，
悠悠晃晃快活逍遙，
直到隨身的布雷蓋特懷錶■
準時鳴叫：吃飯時間已到。

■波利瓦帽（боливар），一種寬邊、黑頂的帽子，於十九世紀二十年代流行於巴黎與聖彼得堡。
■布雷蓋特懷錶（брегет），一種舊式法國懷錶，能報時並指示日期。

1：16

暮色低垂，登上雪橇，
「讓路，讓路！」車夫喝道；
奧涅金海狸皮的衣領
閃動著寒冰的銀色光亮。
雪橇往泰隆飛奔，■■
他確信卡維林等著他赴宴。■
一進門——
瓶塞「啵、啵」朝天花板彈飛，
彗星葡萄酒「嘩、嘩」噴湧而出；■
烤牛肉滴著鮮血在眼前，
還有年輕時代的奢侈品，
松露是法國大菜的精華；
還有斯特拉斯堡餡餅聲名不衰，■
分列兩旁是林堡新鮮的乳酪，■
以及金黃色的菠蘿。

■泰隆（Talon），法國人，當時在聖彼得堡頗負盛名，是一家法國餐廳的老闆。

■卡維林（ПётрКаверин, 1794-1855），騎兵軍官，普希金好友，也是當時聖彼得堡社交界名人。

■彗星葡萄酒（винокометы），指的是彗星出現那一年釀製的葡萄酒。歐洲喜好葡萄酒人士有此一說，彗星出現那一年生產的葡萄品質特別好，因此所釀製的葡萄酒風味也特佳。本書中所說的彗星葡萄酒應該是一八一一年所產的葡萄酒。這一年，法國天文學家奧諾雷・弗洛熱爾格（Honore Flaugergues）發現十九世紀著名的長週期彗星，這顆彗星被稱為「一八一一年大彗星」。

■斯特拉斯堡（Strasbourg），法國城市，當地餡餅餅皮以鵝肝製作而成，本城市以此享有盛名。

■林堡（Limburg），比利時省分，以生產乳酪著稱。

他本想再來好酒幾杯，
消除肉餅熱騰的油膩；
豈知傳來懷錶叮咚作響，
宣告新芭蕾舞劇將登場。
作爲芭蕾舞劇的擁護者，
他是嘴尖舌利，
作爲貌美演員的追求者，
他是朝三暮四，
作爲戲劇界的貴賓，
此時，奧涅金飛奔劇院。
那兒，個個盡興痛快，
準備爲交織舞步鼓掌喝采，■
也爲菲特菈與克麗奧佩特菈喝倒采，■
並拼命吆喝莫伊娜再登場。■
（恨不得自己聲音獨壓全場）。

■ 交織舞步，法文為 entrechat，是芭蕾術語，舞者跳躍同時以雙腳互擊數次的動作。

■ 菲特菈（Федра），希臘神話中克里特島國王的女兒，歌劇與悲劇中的女主角。克麗奧佩特菈（Клеопатра），埃及女王，生活於西元前六十九年至西元前三十年，戲劇中的女主角。

■ 莫伊娜（Моина），俄國劇作家兼詩人奧澤羅夫（В. А. Озеров，1769-1816）的悲劇《芬加爾》（Фингал, 1805）中的女主角。

那地方眞美妙！馮維辛，[redacted]
自由之友、大膽的諷刺大師，
還有模仿泰斗克尼亞日寧，[redacted]
想當年，都在那裡嶄露頭角；
奧澤羅夫與年輕的謝苗諾娃[redacted]
在那裡，共享人們恣情的的讚頌，
在那裡，共享人們的淚水與掌聲；
在那裡，我們的卡傑寧重現[redacted]
高乃依天才般的偉大風采；[redacted]
在那裡，辛辣的沙霍夫斯科伊[redacted]
推出齣齣轟動的喜劇；
在那裡，狄德洛聲名大噪；[redacted]
在那裡，舞台帷幕邊，
我的青春歲月飛逝不復返。

[redacted] 馮維辛（Денис Иванович Фонвизин, 1744 或 1745-1792），俄國著名劇作家，代表作：《紈絝子弟》（Недоросль, 1782）。

[redacted] 克尼亞日寧（Я. Б. Княжнин, 1742-1791），十八世紀俄國劇作家，喜模仿西歐劇作。

[redacted] 奧澤羅夫（В. А. Озеров，1769-1816）是當時著名劇作家，但普希金對他評價不高。普希金認為，奧澤羅夫在戲劇方面的成就並非得力於作品的文學價值，而是歸功於女演員謝苗諾娃精湛的表演。因此，普希金在此暗諷，「奧澤羅夫與年輕的謝苗諾娃，在那裡，共享人們恣情的讚頌……」。謝苗諾娃（Е. С. Семёнова, 1786-1849），普希金當代著名戲劇女演員。

[redacted] 卡傑寧（П. А. Катенин, 1792-1853），俄國劇作家兼詩人，也是十二月黨人。

[redacted] 高乃伊（Corneille, 1606-1684），法國劇作家。

[redacted] 沙霍夫斯科伊（А. А. Шаховской, 1777-1846），俄國喜劇作家。

[redacted] 狄德洛（Charles-Louis Didelot, 1767-1837），享

譽歐洲的法國籍芭蕾舞蹈家與導演，於一八〇一年獲聖彼得堡皇家芭蕾舞團邀請擔任舞蹈指導。此後一生大多數時間都在俄國渡過，是俄國第一位芭蕾舞大師，他的創新與教學也將俄國芭蕾舞提升至世界水平。

1 : 19

我的女神！妳們在何方？
妳們怎樣？請聽我哀傷的呼喚：
妳們是否無恙？是否別的姑娘
前來接班，已經將妳們替換？
我能否再聽到妳們合唱？
能否再聽到俄羅斯舞神
充滿靈氣地翩翩飛翔？
或是我沮喪的眼神覓覓尋尋，
舞台無趣，不見熟悉的容顏，
掃興地手持帶柄觀劇眼鏡，
我掃視著陌生的人群，
滿目歡樂，卻感意興闌珊，
我將默默地打著哈欠，
靜靜地緬懷當年？

劇場人滿滿，包廂亮閃閃，
正廳與池座——人聲熱騰騰；
樓座觀眾鼓譟不耐，
帷幕終於沙沙升起。
弦樂聲曼妙響起，
一群仙女簇擁之下，
伊斯托敏娜鶴立其中，■
光彩奪目，輕盈飄逸；
一腳輕輕觸地，
一腳緩緩旋轉，
忽而躍起，忽而飛舞，
像鴻毛從愛奧爾的雙唇吹起；■
忽而蜷縮身軀，
忽而舒展四肢，
玉足輕快地相互拍擊。

■ 伊斯托敏娜（Истомина, 1799-1848），俄國著名女芭蕾舞蹈家，也是前述芭蕾舞大師狄德洛的學生。

■ 愛奧爾（Эол），希臘神話中的風神（Aiolos）。

1：21

掌聲轟響。奧涅金走進，
擦過別人足尖，往池座鑽進，
舉起雙筒觀劇望遠鏡，
睥睨陌生仕女的包廂；
各樓層他都一一掃視，
一切他都一覽無遺，
臉孔與服飾讓他不甚滿意；
他對各方男士點頭致意，
再把目光往舞台移動，
心不在焉地看了幾眼，
回過臉來，打個哈欠，
說道：「早該換些新玩意，
芭蕾舞我已忍受多時，
狄德洛我早已看膩。」

還是愛神、魔鬼與毒蛇
在舞台上蹦跳與喧鬧；
還是疲累不堪的僕役
大衣鋪地睡倒在門口；
還是跺腳不停的觀眾，
有擤鼻的、有咳嗽的，
有大喝倒采的、有大聲喝采的；
還是裡裡外外閃爍在燈火裡；
還是馬兒掙扎在寒風裡，
對身上的馬具厭煩不已，
還是車夫圍繞火堆站立，
一邊咒罵東家，一邊搓動雙掌；
此時奧涅金步出劇場，
趕著回家換衣裳。

這位時尚的模範生
在此穿穿脫脫時髦服飾，
我是否要精確如實
描繪他幽靜的起居室？
爲滿足千奇百怪的慾望，
倫敦的精明商人販售各式貨品；
爲換取木材與食用油，
頂著波羅地海巨浪運來的商品；
爲奢華、時髦與歡愉，
爲消遣與遊戲，
巴黎商人挑選上好的手工藝，
創造層出不窮的玩意；
全都拿來裝飾
這十八歲哲學家的起居室。

土耳其皇城的煙斗　是琥珀，
桌上擺設的　是瓷器與銅器，
精雕細琢的水晶瓶　是香水，
嬌生慣養的感官享樂　應有盡有；
小梳子與指甲銼　是鋼製品，
剪刀有直的、有彎的，
刷子有三十種，
有刷牙齒的、有刷指甲的。
盧梭不明白（順便一提），■
莊重如格林■
當著他這位雄辯的狂士
怎敢如此大膽清理指甲。■■
你這自由與人權的鬥士，
這回可算你的不是。

■盧梭（JeanJacques Rousseau, 1712-1778），法國作家、哲學家暨啟蒙思想家，其思想對後來的法國大革命（1789-1799）影響深遠，代表作有《新愛洛綺斯》（TheNewHeloise, 1761）、《愛彌爾》（Émile, 1762）、《懺悔錄》（Confession, 1788）等。

■格林（Frédéric Melchior Grimm, 1723-1807），屬於十八世紀法國啟蒙運動中的「百科全書派」，這派人士包括偉大思想家暨哲學家伏爾泰（Voltaire, 1694-1778）與格林等，與另一啟蒙思想家盧梭往來密切，後因理念不和而彼此決裂。

■關於盧梭與格林的這段會面，普希金引用自盧梭的《懺悔錄》，對此普希金也做了如下評論：「格林跑在他的時代之前：現今在啟蒙的歐洲，人們都用特殊刷子清理指甲」。

作爲實事求是的人物，
在乎指甲美觀又何妨：
何必徒然與時代爭論？
風俗流行是人間霸主。
奧涅金是恰達耶夫第二，■
總是害怕忌妒與非難，
他穿著考究，
眞是所謂的花美男。
每日少說要三小時，
消磨在大小鏡子前，
終於步出梳裝室，
翩翩有如維納斯，
又像女神反串男士，
匆匆趕赴化妝舞會。

■ 恰達耶夫（Пётр Чадаев, 1793-1856），普希金好友，也是詩人與思想家，在俄國十九世紀的西歐派與斯拉夫派爭論中，他採西歐派立場，主張俄國應走西歐化路線。此外，他本人以喜好穿著西歐時髦服飾著稱。

可爲見多識廣的人士
描繪葉甫蓋尼的衣飾，
好讓諸位好奇的目光
見識新潮品味的服飾；
有些大膽自不在話下，
舞文弄墨乃看家本事：
什麼潘達龍、弗拉克、日列特，■
俄語沒這玩意兒；
我跟諸位說抱歉，
敝人文筆太拙劣
應該少把洋文寫，
省得大夥眼花撩亂，
雖然過去的我
常把科學院辭典看。

■ 潘達龍（панталоны）來自義大利語 pantaloni，意指西裝褲；弗拉克（фрак）來自德語 frack，意指燕尾服；日列特（жилет）來自法語 gilet，意指男士西裝背心。

1 : 27

此事我們暫且不提，
趕赴舞會才是正事，
葉甫蓋尼登上馬車
快馬逕自飛奔而去。
棟棟暗淡的屋宇，
條條沉睡的街道，
輛輛馬車　點亮雙燈，
束束光芒　快樂閃爍，
道道彩虹　投射雪地，
盞盞燈光　灑落四周。
巍巍官邸　光輝明亮，
片片窗櫺　閃動人影，
張張側臉　一閃而過，
娟娟仕女　時尚怪人。

我們主人翁停車在門前，
一個箭步走過門房身邊，
往大理石階梯飛步而上，
舉手把頭髮整理一番，
步入大廳，人頭鑽動；
隆隆樂聲奏得慵懶；
瑪祖卡舞跳得酣暢；
人聲鼎沸，人群擁擠；
騎兵軍官踢著馬刺鏘鏘作響；
迷人仕女踩著玉足翩翩飛舞；
緊隨著她們醉人的腳步，
流竄著雙雙火熱的眼神，
琴聲淹沒許多時髦妻子
醋味十足的竊竊私語。

充滿歡樂與激情的日子，
我瘋狂地留戀舞會：
遞交情書吐露心跡，
最佳場合莫勝此地。
呵，你們呀，諸位伉儷！
我願爲你們效勞，
請聽我幾句忠告：
我要你們多警惕。
還有妳們，各位好母親！
看緊自己的閨女莫馬虎：
舉起那長柄眼鏡仔細瞧！
要不……
要不只有上帝保佑！
何以我會如此下筆？
此乃我不造孽久矣！

唉，多少尋歡作樂事，
多少生命給虛度！
若非世風日下至此，
我仍流連舞會至今。
我喜愛年少輕狂，
還有人潮、聲光與歡樂，
還有仕女別出心裁的衣裝。
我喜愛她們纖纖的玉足，
踏遍俄羅斯，你們未必
找得到三雙玲瓏的小腳。
啊，我久久不能忘懷
那雙迷人玉足……
憂鬱、冷漠如我，
至今猶記在心裡，
至今騷動在夢裡。

何時何地，在哪片荒野，
狂人啊，你才能把它們忘卻？
唉，纖纖玉足，如今芳蹤何處？
何處妳踩著春天的花？
妳孕育在安逸的東方，
北國那悽愴的雪地
未曾留下妳的足跡：
妳喜愛柔軟的地毯
在腳下華貴地輕撫。
爲了妳，我是否早已忘記
飢渴的榮耀與讚譽，
還有流放與先人的故里？
青春的歡樂悄悄地消逝，
如草地上妳輕輕的足跡。

親愛的朋友們！
黛安娜的酥胸，芙洛拉的美貌，■
讓人神魂顛倒，
可是特爾普西科瑞的纖纖玉足■
卻更讓我迷倒。
她賜予目光無以估計的獎賞，
以有限的美勾起無限的遐想。
我的朋友愛爾維娜啊，■
我愛她，
不論是在長長的桌布下，
春天牧場青青的草地上，
冬天火焰熊熊的壁爐邊，
光滑如鏡的拼花地板上，
還是海邊的花崗岩石上。

■ 黛安娜（Диана），或譯為「狄安娜」、「季安娜」（較接近俄語發音），是羅馬神話中的月亮女神。芙洛拉（Флора），羅馬神話中的花神。

■ 特爾普西科瑞（Терпсихора），希臘神話中的歌舞女神，也是九大繆斯女神之一。

■ 愛爾維娜（Эльвина），十八、九世紀俄國詩歌中常見的女性名字，現在已很少見。

1 : 33

猶記暴風雨前的大海，
我羨慕那起伏的波浪，
澎湃洶湧，滾滾而來，
滿懷愛情拜倒她腳下。
曾經夢想追隨那波浪，
親吻迷人的纖纖玉足！
不！即使熱情如火的日子，
即使我那青春沸騰的年代，
我不曾如此痛苦掙扎，
渴望一親阿爾密達的芳澤，■
或她們玫瑰般鮮豔的雙頰，
她們滿懷柔情蜜意的酥胸。
不！怎樣的澎湃激情
也不曾讓我如此撕心裂肺。

■ 阿爾密達（Армида），十六世紀義大利著名詩人塔索（Torquato Tasso, 1544-1598）的史詩《解放的耶路撒冷》（Jerusalem Delivered, 1581）中的美女。在普希金筆下，此名泛指「美女」之意。

另有時光猶記在心！
沉溺隱密的幻想裡，
我扶住幸福的馬鐙……
感覺玉足在手掌裡；
再次翻騰想像，
再次觸摸玉足，
枯萎的心熱血沸騰，
再次的思念，再次的愛火！……
其實我的豎琴叨叨絮絮，
把驕傲的人兒讚美過度，
她們不值我的熱情，
不配我靈感的歌頌。
狐魅的話語與眼神
全是虛幻……
就像那纖纖的玉足。

我們的奧涅金怎地？
他昏沉地從舞會回到床鋪：
彼得堡的喧囂從來不停息，
已經甦醒在鼓聲裡。
小販奔走，商人晨起，
車夫蹣跚步向市集，
奧赫塔婦女提著奶罐走得急，■
晨雪在她腳下吱吱響起。
塵囂在歡愉中醒起。
百葉窗掀起；炊煙升起，
像似藍色的柱子；
德國麵包師最是努力，
頭戴一頂紙製尖帽子，
打開氣窗一次又一次。

■ 奧赫塔（Охта）是彼得堡東北郊區一個地名，位於涅瓦河岸，該地區以在此注入涅瓦河之奧赫塔河為名。

他是遊戲人間的奢豪子弟，
在舞會的喧囂中耗盡精力，
老把早晨作午夜，
此時怡然自得地入睡。
直到午後方才甦醒，
然後又將活動到天明。
生活五光十色，卻老是一樣，
明日與昨日沒什麼兩樣。
青春年少又自在逍遙，
生命讓燦爛的勝利圍繞，
日日沉溺享樂，
然而，奧涅金是否快樂？
夜夜流連酒宴，舉止輕浮，
健康的生命是否虛度？

沒錯，他的熱情早已冷淡，
上流社會的喧囂他已厭倦；
美人兒他司空見慣，
無法讓他長久神往；
感情多變他已生厭；
朋友之誼他也心煩，
再說有時頭痛欲裂，
他沒能配著烤牛肉
與斯特拉斯堡餡餅
把香檳酒一飲而盡，
把俏皮話漫天飛灑；
他雖曾是熱血浪子，
戰鬥、馬刀與子彈
終究有不愛的一天。

1 : 38

他疾病已然上身，
原因早該追究，
英國人說那是「斯脾林」，■
簡單說，俄國人的憂鬱
已漸漸纏繞他心頭；
謝天謝地！
他還不願一槍自我了結，
可對生命卻已了然無趣。
就像拜倫筆下的哈羅德，■
憂鬱陰沉，慵懶厭倦，
流連於上流人家的大廳；
流言蜚語也好，波士頓牌也罷，
多情眼眸也好，虛情嘆息也罷，
什麼也不讓他動心，
什麼也不讓他留意。

■斯脾林是英語 spleen 的音譯，有「脾臟」、「發脾氣」、「憂鬱」之意，文中表示「憂鬱」。

■哈羅德是英國著名詩人拜倫（George Gordon Byron，俗稱 Lord Byron，1788-1824）的長詩《哈羅德公子巡遊記》（Childe Harold's Pilgrimage, 1812-18）中的男主角。拜倫筆下的哈羅德對吃喝玩樂深感厭倦，對人生幻滅，於是流落異國，尋求精神的慰藉。

13 9 5 1

上流社會古怪的女士！
他將諸位棄之唯恐不及；
誠然，在我們年代，
高談闊論有夠無趣；
有的仕女也許能夠
出口沙伊，閉口邊沁，■
不過，她們說話讓人生厭，
哪怕是天眞的胡言；
此外，她們如此無邪，
如此高貴，如此聰明，
如此虔誠地信奉上蒼，
如此謹慎，如此認眞，
如此讓男士高不可攀，
如此模樣讓人好心酸。■

■沙伊（Jean Baptiste Say, 1767-1832），法國經濟學家；邊沁（Jeremy Bentham, 1748-1832），英國哲學家暨法學家。二人都是當時歐洲前衛人士的熱門話題。

1 : 43

還有妳們這些妙齡美女，
夜已深，人已靜，
總是怒馬香車，
飛奔在彼得堡街頭——
葉甫蓋尼已經離妳們而去。
不再留戀紙醉金迷，
奧涅金閉門家中坐，
口打呵欠，手握筆桿，
本想妙筆生花，
豈知，百般煎熬，絞盡腦汁，
筆尖迸不出一個字，
畢竟，他不屬激情這一行。■
對此我無予置評，
因爲我正屬這一行。

■ 指作家或詩人的行業。

1：44

他鎮日無所事事，
再度苦惱心靈的空虛，
坐定案前——學習他人智慧，
這樣的目標讓人嘉許；
往書架上把書擺得一整排，
讀呀讀，總是讀得不明白：
內容無趣，或是夢話或瞎掰；
說不上什麼良心與道理，
處處是清規與戒律；
陳腔濫調早已垂垂老矣，
看似新穎卻是舊日囈語。
書籍如女人，棄之如敝屣，
殯葬的絲綢鋪蓋在書架，
連同塵封這一家。

我摒棄名門的枷鎖，
與他一樣，遠離塵囂，
當時便與他相識結交。
我欣賞他的長相、
天馬行空的想像、
無可模仿的怪癖、
冷靜敏銳的才智。
我暴躁易怒，他多愁憂鬱；
我們都領略情慾的遊戲；
我們都經歷生活的磨難；
我們都熄滅內心的火焰；
兩人都遭遇無情的待遇，
來自盲目的命運女神與眾人，
在那人生旭日東昇的早晨。

誰眞有過生活與思考，
誰便不得不輕鄙世人；
誰眞有過體悟，
誰便不得不心憂，
日子如幻影，一去不回頭：
他不再有執迷，
回憶是條毒蛇，
悔恨把他啃噬。
所有這些陳年的話題
總讓閒談增添樂趣。
奧涅金的用字遣詞
起初讓我騷動不已；
然而我已習慣他惡毒的爭議，
　習慣他一半是火爆的笑語，
一半是幽幽的忿恨帶諷刺。

1 хорошъ — 2 долженъ быть
опершись на гранитъ 3 лодка
4 крѣпость, Петро павловская

братъ, вотъ тебѣ кар-
тинка для Онѣгина —
найди искусный и быстр
карандашъ.

1：47

這在夏天司空見慣，
涅瓦河上的夜空
皎潔清澈，晴朗明亮，
愉悅的水波如鏡，
不現黛安娜的容顏；
回想往日的浪漫，
回想昔日的戀情，
讓人惆悵又愉悅，
我們默默沉醉於
溫柔夜晚的呼吸！
宛如囚徒在沉沉夢中，
從牢籠送到蔥蔥森林，
我們隨幻想逍遙馳騁，
重返年輕生命的早晨。

1：48

滿心悵然，若有所思，
奧涅金倚靠花崗岩而立，
如某位詩人的自我寫照。
四下悄悄，
只有聽到——
守夜哨兵互相呼應，
驀然，百萬大街遙遙傳來
輕便馬車轔轔聲響；
只見一葉扁舟搖動雙槳，
漂蕩在朦朧入睡的河上：
遠處號角與豪邁的歌聲
讓我們盪氣迴腸……
然而，夜晚最甜美的娛興——
是歌詠塔索的詩章！

塔索（Torquato Tasso, 1544-1595），十六世紀義大利著名詩人。

亞得里亞海濤，布倫泰河水！■
哦，不，我要一睹你們的風采，
並再度滿懷著靈感，
聆聽你們迷人的嗓音！
它對阿波羅子孫是神聖；
在阿爾比昂驕傲的琴聲裡，■
它對我是熟悉，它對我是親戚。
在義大利金色的夜晚，
我怡然自得，自由自在，
伴隨年輕的威尼斯女郎，
她時而談笑，時而緘默，
我們泛乘一葉神祕的扁舟，
佳人相伴，我的雙唇將尋獲
佩脫拉克與愛情的語言。■

■ 布倫泰河（Brenta），是在義大利威尼斯附近注入亞得里亞海的河流。

■ 阿爾比昂（Albion），英格蘭的古名或雅稱。

■ 佩脫拉克（Francesco Petrarca, 1304-1374），義大利學者暨詩人，被視為「人道主義之父」，也是歐洲文藝復興先驅。他的十四行詩在歐洲各國受到崇拜與仿效，成為抒情詩之典範。他的詩作很多是歌詠愛情的作品。

我自由時刻是否來到？
時候該到！——我向它呼叫；
我等待天時，躑躅在海濱，
頻頻招手過眼的船帆。
何時能奔向自由的海上，
迎接著風暴，搏鬥著巨浪，
展開無拘無束的航程？
早該遠離那無趣的海岸，
那裡的環境對我不友善；
在南方海面的漣漪中，
在我那非洲的晴空下，
我哀嘆烏雲蔽日的俄羅斯，
在那兒我曾經心痛，
在那兒我曾經愛過，
在那兒我把心埋葬。

1 : 51

奧涅金原本要一同
與我見識異國風情；
豈知命運旋即注定
兩人分手好長時光。
當時他的父親仙逝，
討債大軍蜂擁而至，
饑渴貪婪，直逼家門，
個個精明，機關算盡：
奧涅金樂天知命，
痛恨官司與訴訟，
父親遺產都拋棄，
多大損失不在意，
或是早已預見到，
伯父年邁去日近。

忽地，他真的獲悉
來自管家的消息，
伯父病危，臥床不起，
想在臨終與他道別離。
匆匆讀畢哀傷的來書，
葉甫蓋尼搭乘驛車上路，
快馬加鞭趕赴最後一面。
人在半途，哈欠連連，
看在遺產，他是有備而去，
又嘆氣，又無趣，又假意。
(我們的故事便以此做開始)
豈知，飛奔抵達伯父的村裡，
只見伯父已經安臥在桌上，■
好似祭祀土地的獻禮。

■根據俄羅斯傳統習俗，剛往生的死者須停放在桌上。

只見僕人成群在庭院；
還有來自四面八方，
有死對頭，有老交情，
大家都樂意來弔唁。
往生者終於入土爲安。
神父與弔客吃吃又喝喝，
然後大搖大擺地鳥獸散，
好像成就一項大功德。
再瞧我們奧涅金，安家在村莊，
往日不知規矩的浪子，揮霍無度，
今日家財萬貫的老爺，擁有無數
工廠、森林、土地與河流；
於是慶幸，舊日的人生道路
竟然轉變得如此天翻地覆。

1：54

孤寂空曠的田野，
幽暗清涼的樹林，
低聲輕吟的溪流，
頭兩天對他是新鮮。
豈知——樹林、小丘與田園，
第三天不再是有趣，
再後來他昏昏欲睡。
又後來他清楚明瞭，
鄉村同樣讓人無聊，
即使——
沒有大街，沒有宮殿，
沒有牌局，沒有舞會，
沒有吟詩與作對。
原來憂鬱忠實如妻，
如影隨形不離不棄。

1：55

我天生習慣生活的安詳，
喜愛鄉村的寧靜；
在荒野的深處，
詩意的豎琴更嘹亮，
創作的靈感更鮮活。
悠然於閒暇的純眞，
倘佯於湖濱的荒涼；
無爲是生活的圭臬。
每日清晨欣欣然睜開眼，
迎接甜美的喜悅與自由：
讀書少，睡眠多，
浮雲功名不追逐。
往日歲月消逝在
無所事事與濃蔭處，
我豈不快活又自在？

1 : 56

鮮花與愛情，鄉村與悠閒，
還有遼闊的原野！
我對妳情有獨鍾。
我總是樂於表白
奧涅金與我的不同，
爲的是——
讓好揶揄、嘲弄的讀者，
讓好搬弄是非的人們，
在此看清我的面容，
免得此後大言不慚，
說我像驕傲詩人拜倫，
塗塗抹抹自己的尊容，
好像我們已無能爲力
提筆爲人作長詩，
只好自我瞎扯淡。

順便一提：所有詩人
都沉湎於愛情的幻想。
往日常有：窈窕淑女
出現夢裡，我的心頭
祕密珍藏她們的倩影；
從此之後：繆斯女神
賦予她們鮮活的生命；
無憂如我：低聲歌詠
山中佳人，我的夢想，
與薩吉爾河岸的女俘。■
各位朋友，我常聽見
來自諸位的疑問：
「你的詩琴爲誰詠歎？
眾多的善忌少女中，
動人樂章所獻何人？」

■ 山中佳人與薩吉爾河岸的女俘，分別指普希金敘事長詩《高加索俘虜》（Кавказский пленник, 1820-1821）與《巴赫奇薩拉伊噴泉》（Бахчисарайский фонтан, 1821-1823）中的女主角。

1：58

「誰的眼眸激發靈感，
誰對你低沉的歌唱
報之以柔情的獎賞？
你的詩篇又爲誰吟唱？」
朋友，眞的，誰也不是！
愛情的瘋狂與焦慮
我體會它其實是無趣。
誰能結合愛情與詩的狂熱，
他會是幸福的人兒：
他給詩歌添增神聖的囈語，
亦步亦趨追隨著佩脫拉克，
撫慰了人心的苦痛，
擄獲了詩人的光榮；
但是，戀愛中的我傻氣又無語。

1 : 59

愛情已逝，繆斯浮現，
渾渾沌沌的智珠光芒重現。
無拘無束，重新探索
韻律、情感與思想
魅人的和聲；
寫著寫，心中不再有苦悶，
鵝毛筆渾然忘情，
不再作畫於未盡的詩篇旁，
不再有女性的玉足與畫像。
灰燼已滅，火光不燃，
我雖憂愁，淚水已乾，
我內心風暴的餘波
很快很快即將平息：
屆時我將振筆疾書
長詩的篇章二十五。

我已構思作品的格式，
以及主人翁何名何姓；
有關這部長篇小說，
目前完成第一章；

挑剔地讀了再讀，
矛盾之處到處有，
動手修改卻不願。
給審查官當還債，

把勞動成果奉獻，
讓評論家說東道西；
去吧，去涅瓦河兩岸，
我這剛呱呱落地的新作，

爲我掙得應有的名聲吧：
管他是曲解、是叫囂，
還是謾罵！

2

哦，鄉村！……
——賀拉斯
哦，羅斯！

■賀拉斯（Quintus Horatius Flaccus, 65 B.C.-8B.C.），古羅馬著名抒情詩人，英文世界將他的名字寫為Horace。普希金在此引用賀拉斯詩中的用語「鄉村」（拉丁語），其實一語雙關：除了表面意思為「鄉村」外，它的發音（rus）近似俄羅斯的古名「羅斯」（Русь）。而本章故事的背景即為「俄羅斯鄉村」。

2 : 1

奧涅金百無聊賴之鄉，
其實是山明水秀之地；
欣賞純眞之樂的友人，
在那裡必定讚美上帝。
老爺的宅院清幽僻靜，
一座山阻隔狂風，
一條溪蜿蜒房前。
房前的遠方——
有草地　花花綠綠，
有田地　黃黃澄澄，
有村子　疏疏落落；
牛羊四處，遊蕩在牧場；
一座荒廢的大花園
伸展著濃密的綠蔭，
棲身著沉思的德綠阿妲。■

■德綠阿妲（дриада），古希臘、羅馬神話中的森林女神。

2：2

宅邸蓋得肅穆又莊嚴，
就像所有豪門大宅院：
出俗又高雅，堅固又安詳，
匠心獨運具古建築的風采。
處處是挑高的居室，
客廳糊著緞花的壁紙，
牆上掛著歷任沙皇的肖像，
壁爐貼著五彩繽紛的瓷磚。
如今這些都是已過時，
老實說，我也不知啥道理；
話說回來，我的朋友這脾氣，
對此他甚少有挑剔，
哈欠他照樣打不停，
管他大廳是時髦是古典。

2：3

他落腳的居室，
老鄉紳四十年如一日，
天天與女管家鬥鬥嘴，
看看窗外，打打蒼蠅。
一切都樸實：地板是橡木，
羽絨沙發，一張桌子，兩只大櫥，
哪兒也不見墨漬。
奧涅金打開大櫥，
從一只發現開支帳簿，
另一只收藏一排甜酒，
外加好幾罐的蘋果露，
還有〇八年的老皇曆：■
老頭事情有夠多，
其他書籍沒碰過。

■ 故事發生於一八二〇年，而奧涅金已故的伯父當時還在閱讀一八〇八年出版的皇家年曆。

獨自過活在領地，
只爲時光好打發，
首發奇想奧涅金，
創建新制在野地。
他是隱居鄉野一智者，
廢除古傳的沉重徭役，■
代之以微薄的地租制；
農奴莫不歡欣好機遇。
然而，鄰人算盤很精細，
看出此舉是大不利，
躲在牆角自個兒生悶氣；
另有旁人狡黠一笑，
眾口一詞如此說道，
他最是危險又古怪。

■ 俄國當時的農奴必須按自古以來的規定，向地主提供無償的義務勞役。奧涅金具自由主義思想，僅以輕微租金替代，免除農奴義務勞役。

2 : 5

起初賓客紛紛來上門，
哪知一聽轆轆馬車聲
打從大路傳入耳，
他總是牽來一匹頓河大公馬，
打從後門悄悄溜，——
客人因此覺得受屈辱，
從此不再與他相來往。
「我們鄰居無知且狂妄，
想來一定參加共濟會；■
拿玻璃杯只會喝紅酒；
從不趨前親吻女士的玉手；
說話不稱先生與女士，
說話只謂也是或不是。」
眾人說法皆如是。

■ 共濟會（Freemasonry）源於十八世紀的英國，是具自由主義思想的團體，後傳播到歐洲各國，在一七八九年法國大革命後曾遭不少國家禁止。在一八二〇年代俄國鄉下仕紳的眼中，共濟會員形同革命份子。

那時響起達達的馬蹄，
有位地主新到自家的莊園，
於鄉里間成爲茶餘飯後的話題，
同樣受到品頭論足的挑剔：
此人名叫弗拉基米爾·連斯基，
簡直擁有歌廷根靈魂在身體，■
長得俊俏，又是青春年少，
崇拜康德，又會吟詩作對，■
他來自雲霧繚繞的德意志，
攜來知識的果實，
喜好自由的幻想，
天性熱情又怪異，
談起話來情緒好激昂，
捲曲黑髮直垂肩兩旁。

■ 哥廷根（Göttingen），德國城市，於一七三七年設立哥廷根大學，從此聞名歐洲。十九世紀不少俄國貴族青年在這所大學接受教育，受到學風影響，大都具有自由主義的思想。

■ 康德（Immanuel Kant, 1724-1804），德國古典唯心主義哲學創始人。

2 : 7

上流社會的荒淫與冷酷
尚未讓他枯萎與麻木，
朋友的噓寒與問暖，
少女的親切與溫柔，
讓他內心溫暖與鼓舞。
他的心，單純可愛，
他的胸，希望澎湃，
世上聲色犬馬，巧妙新奇，
依然讓年輕的他心生嚮往。
用內心甜美的夢想
排解時而湧現的懷疑。
我們人生的目標
對他是迷人而不解的習題，
他也曾絞盡腦汁，
揣測哪日要出現奇蹟。

2：8

他相信，有一顆親愛的心靈
有朝一日要與他心心相繫；
他相信，有一個她
孤寂憔悴，
日日夜夜都等待著他；
他相信，朋友都心有準備，
爲維護他的名譽，不惜枷鎖上身，
要打破詆毀者的腦袋，絕不手軟；
他相信，有些人天生出類拔萃，
他們是人類神聖的朋友；
他們這族裔永垂不朽，
光芒萬丈，
有朝一日照耀著我們，
賜與世人幸福與快樂。

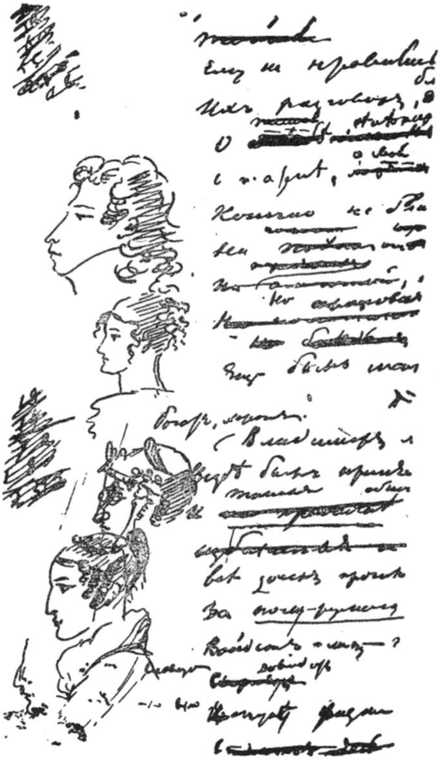

多少義憤，多少遺憾，
多少對善的純純的愛，
還有追求美名的甜蜜與磨難，
早已讓他熱血澎湃。

攜帶詩的豎琴走遍四海；
在席勒與歌德的天空下，■
他們詩情的熱火
在他心靈熊熊燃燒；

幸運的他不曾屈辱
繆斯女神無上的藝術：
他驕傲地吟唱，
保持崇高的感情、

童真夢想的激情，
還有美妙、莊嚴與純情。

■ 席勒（Johann Christoph Friedrich von Schiller, 1759-1805）與歌德（Johann Wolfgang von Goethe, 1749-1832）都是十八、九世紀德國著名詩人。

他渴望愛情，歌詠愛情，
他的歌聲清澈嘹亮，
宛如天眞少女的遐思，
宛如枕邊嬰兒的夢囈，
宛如月娘掛在廣漠安詳的天際，
那是幽思與詠嘆的溫柔女神。
他歌詠別離與哀愁、
天馬行空的幻想與雲霧繚繞的遠方，
還有那浪漫的玫瑰；
他歌詠遙遠的國度，
那兒他徜徉在自然寧靜的懷抱，
久久地熱淚盈眶；
他歌詠凋謝褪色的生命，
他那時不到十八的年華。

2 : 11

偏遠的鄉野，唯有那葉甫蓋尼
懂得賞識他的才氣，
鄰近鄉紳的饗宴
絲毫不能讓他看上眼；
他走避他們聒噪的閒言。
這些人談天說地何其高明，
不是說割草，就是談老酒，
不是說獵狗，就是談三姑與六婆，
自然顯不出高尚的情趣，
迸不出詩意的火花，
聽不見俏皮的智慧，
看不到社交的藝術；
至於他們漂亮的老婆
說起話來更是沒大腦。

2：12

連斯基多金又英俊，
處處受到乘龍快婿般的禮遇；
這是鄉下地方的風氣；
人人想把自家的閨女
許配這位半是俄國人的鄰居；
只要他踏進誰家的大門，
瞬間他們便轉換了話題，
都說獨身生活多苦悶；
吆喝這位芳鄰來品茶，
杜娘隨即殷勤來奉茶；
有人對她輕聲來叮嚀：
「杜娘，多多留意這青年！」
有人端上一把六弦琴，
她便扯起喉嚨尖聲唱（我的老天爺！）：
請登我家金色的殿堂！……

話說連斯基，自然不願意
婚姻枷鎖來上身，
卻一心想結交奧涅金，
建立親密好情誼。
終於相見。卻是海浪與岩石，
寒冰與熱火，散文與詩歌，
都不如他們天大的差距。
起初由於個性的差異，
話不投機很無趣；
後來，終於互相歡喜，
天天騎著馬往來相聚，
不久便形影不相離。
（首先，我承認）人的友誼，
常在百無聊賴中建立。

我們沒有那樣好交情。
所有偏見我們要歸零，
所有世人我們看作零，
唯有自己方能視作壹。
我們以拿破崙來看齊；
千百萬兩足的動物，
對我們不過是俗物；
荒唐與滑稽是感情。
奧涅金還算讓人可接受；
世人　自然讓他給認清，
眾人　讓他都看輕，——
但是（規則總是有例外）
總有幾個人　他給予特別的垂青，
不關己之事　他尊重別人的感情。

聽著連斯基　他面帶微笑，
詩人說起話　慷慨又激昂，
說起大道理　邏輯是跳躍，
熱情的目光　靈感頻閃耀，——
這對奧涅金　一切都新鮮；
冷言與冷語　強忍嘴巴裡，
心中暗忖道：該是多不智，
妨礙人家一時的興致；
就算沒有我，也有清醒時；
讓他暫且過活好歡暢，
讓他相信世界多美滿；
原諒他年少的輕狂、
　年少的激情，
還有年少的夢囈。

一切都導致兩人的爭執，
一切都引起兩人的深思：
過去各民族的協議，▬
科學的果實，善惡的本質，
自古相傳的執迷，
生死有命的奧祕。
生命與天意各有其時，
都是他們評論的話題。
詩人高談闊論，火熱酣暢，
有時甚至忘乎所以，
兀自吟詠幾段北國的詩情，▬
葉甫蓋尼可眞寬宏大量，
即使聽得不知所云，
還是認眞地洗耳恭聽。

▬ 這裡指的是盧梭的《社會契約論》。

▬ 北國的詩情（северные поэмы）指的是俄國的詩篇。

但是男女的情愛
最是兩位隱士關心的話題。
走過情海的騷動，
奧涅金說起感情事，
不由自己惆悵地嘆息：
有幸見識那情海，
終於遠離那風暴；
最幸福的人卻是
不知情爲何物，
冷卻愛情——用別離，
平息敵意——用誑語；
陪著朋友或妻子，終日打哈欠，
不受嫉妒的折磨，
不把祖宗的家當
押上狡猾的牌桌。

當我們高舉著大旗，
訴求寧靜與理智，
當激情火滅燈熄，
我們感到可笑與荒唐
是那激情的任性與衝動，
還有事後的蜚短與流長，——
謙卑柔順得之不容易。
我們偶爾也歡喜
聆聽他人激情騷動的話語，
讓我們心弦顫動不已。
好似殘障一老翁
讓世人遺忘在草房，
聆聽年輕人捻鬍子說故事，
他的心中也歡喜。

2：19

然而烈火的青春
任何事情都無法隱瞞。
憂愁與歡樂，愛情與仇恨，
他都不吐不爲快。
自認是情場傷痕累累一老兵，
奧涅金煞有介事地聆聽，
詩人愛作心靈的告白，
就讓他盡情的表白；
輕信於人，天眞爛漫，
他將內心展示無遺。
奧涅金輕易地知悉
他青春的風流韻事，
故事雖熱情洋溢，
對我們了無新意。

2 : 20

呵，他戀愛了，而我們的年齡
早已不興說愛與談情；
唯有詩人那狂熱的心靈，
還注定爲愛情魂牽夢縈。
不論何時與何地，一樣的幻想，
一樣習以爲常的盼望，
一樣習以爲常的憂傷。
無論是冷卻情感的遠地，
還是經年累月的別離，
無論是獻給繆思的時刻，
還是異國他鄉的景致，
無論笑聲喧嘩或科學知識，
都無法改變他內心
如火如荼的純情。

幾乎還是少年時，不識愁滋味，
他便迷戀奧麗佳，
目睹她純稚的嬉戲，
怦怦然心悸；
橡樹林濃蔭的掩護裡，
他陪她歡喜地玩遊戲。
雙方父親是街坊鄰居，
這門親他們早已應許。
在偏僻的地方，寧靜的鄉里，
她散放無邪的美麗，
在爹娘的眼裡，
她亭亭玉立，宛如深谷的幽蘭，
淹沒在漫天荒草裡，
可謂——蝴蝶不知，蜜蜂不識。

她給予詩人
第一次少男狂喜的夢幻，
對她的遐思激發他
第一次蘆笛的詠歎。
再會吧，黃金歲月的嬉戲！
他喜愛濃蔭樹林的綠意，
還有獨處與靜僻，
還有夜色、星星與月亮，
那月亮是夜空中的一盞明燈，
暮色蒼茫中，我們曾經獻上
多少次的漫步，多少次的淚水，
多少次內心隱隱作痛的歡樂……
哪知如今我們看到的月亮
只是人們昏黃街燈的代替。

2 : 23

總是那樣謙遜，總是那樣溫順，
總是像清晨那樣的歡欣，
像詩人生命那樣的清純，
像深情一吻那樣的動人；
雙眸像蒼穹，清澈蔚藍，
迷人的笑靨，綹綹亞麻色的秀髮，
優雅的舉止，輕盈的柳腰，
銀鈴似的笑聲；
奧麗佳的點點滴滴……
信手拈來浪漫的小說裡，
準能發現她如實的畫像：
如此俏麗動人，曾讓我爲之傾倒，
然而如今的我已不欣賞，
讀者諸君，多多包涵，
還是讓我細表她家中的大姊。

姊姊芳名達吉雅娜……
我們不可謂不任性，
這是有史來的首次，
竟然以如此的名字
獻給神聖嬌貴的小說。
但又怎麼樣？至少它悅耳動聽；
然而我知道，它讓人聯想到
姥姥的年代，還有婢女的廂房！
我們不能不承認：
我們缺乏好品味，
甚至姓名亦如是
（詩歌那就更別提）；
我們與教化不相稱，
我們學到的只是
裝腔與作勢，其他什麼都不是。

2 : 25

總之，她名叫達吉雅娜。
論外貌，她不如妹妹的美麗，
論臉頰，她沒有玫瑰的豔麗，
毫不吸引人家的注意。
醜腆，沉默又憂鬱，
像林中的小鹿，怯生生的，
生活在爹娘家，
卻好似別人的女兒。
對爹，撒嬌她不會，
對娘，親熱她不行；
童稚時代她便不願意
與孩童們蹦跳與遊戲，
常常整天好孤單，
默默呆坐在窗前。

沉思是她最佳的伴侶，
打從搖籃時代便開始，
種種的遐思
裝飾她閒居鄉村的歲月。
她那纖纖的玉指
不知針線爲何物；
就算她俯身繡花架，
未曾見過她的針線
讓素布呈現栩栩如生的花樣。
她有喜好支配的特質：
女娃抱著乖乖的布娃娃，
開心地說說又笑笑，
教導它上流社會的禮儀，
一本正經對著它，
重述母親的訓話。

2 : 27

然而就連布娃娃，這幾年，
達吉雅娜兩手不再碰；
城裡的消息，不再跟它談，
時髦的服飾，不再跟它講。
孩童調皮的遊戲與她不喜，
倒是寒冬漆黑的夜裡，
各種駭人聽聞的故事
讓她內心著迷不已。
每當奶媽爲讓奧麗佳歡喜，
將一群玩伴帶往空闊草地，
玩起老鷹抓小雞的遊戲，
達吉雅娜卻從來不參與，
響亮的歡笑，遊戲的喧鬧，
讓她覺得好無聊。

2 : 28

她喜愛佇立在陽台，
靜待朝霞的升起，
那時天際剛泛起魚肚白，
群星的圓舞漸漸地消逝，
大地的邊緣悄悄地放亮，
黎明使者，微風蕩漾，
新的一日，緩緩升起。
每當冬夜漫漫的暗影
吞噬半個宇宙的大地，
久久停滯於悠悠的沉寂，
在朦朧的月色裡，
東方慵懶地沉睡不起，
她卻於習慣的時辰
在昏暗燭光裡，起身下床。

2：29

小說，早就讓她沉迷；
小說，讓她忘記一切；
她迷戀理查遜與盧梭 ■
滿紙的荒唐言。
父親是好好先生，
雖然腦袋活在上一世紀，
卻看不出讀書有啥壞處；
但他本人從來不讀書，
認爲書本是空洞的玩藝，
也從來不在意，
女兒有什麼祕密的書籍
收藏枕頭下，伴她通宵到天明。
至於他的妻子，
更是對理查遜愛得很入迷。

■ 理查遜（Samuel Richardson, 1689-1761），十八世紀英國著名作家暨出版家，代表著作為《帕美拉》（Pamela: Or Virtue Rewarded, 1740）、《珂菈麗莎》（Clarissa: Or the History of a Young Lady, 1748）、《葛蘭狄生》（The History of Sir Charles Grandison, 1753）等書信體小說。

2 : 30

妻子喜愛理查遜，
並非因爲讀過他的書，
亦非對格蘭狄生的愛■
超過洛夫萊斯；■
只因昔日她莫斯科的表親，
公爵小姐阿麗娜，
曾經不時對她提起這些人。
當時她與現在的丈夫定了親，
這門親事她其實不滿意。
她朝思暮想的另有其人，
不論心靈或才智，
此人更讓她稱心如意；
這位葛蘭狄生是花花公子，
是賭徒，也是近衛軍中士。

■ 葛蘭狄生是理查遜同名小說中的男主角。

■ 洛夫萊斯則是理查遜的小說《克拉麗莎》中的主人翁。

2 : 31

和他一個樣，穿著打扮
她總是時髦又雅致；
豈知未經徵詢她的同意，
家裡就給姑娘辦了婚事。
丈夫很是通情達理，
爲了排遣她心頭的鬱抑，
隨即帶著新娘到鄉下，
可是那兒呀
天曉得她身旁圍繞著什麼人哪，
起初她是吵吵鬧鬧，哭哭啼啼，
差點沒跟丈夫離異；
之後忙碌於家務事，
她便習慣並感滿意。
習慣成自然是天意：
那是幸福的代替。

她內心無以平息的苦痛
卻習慣成自然，漸漸地消弭；
旋即一項重大的發現
讓她獲得莫大的安慰：
在家務與閒暇之間
她發現一項寶貴的祕密，
學會恣意控制丈夫於股掌間，
如此一來便萬事如意。
她管理產業奔波於莊園間，
親手醃製蘑菇好過冬，
又要處理大小的開支，
又要發配農奴去充軍，
禮拜六便上澡堂消消遣，
不高興就打丫鬟消消氣，
這一切不用丈夫來過問。

她常在閨蜜間的紀念冊
以鮮血留下各種的題詞，
把普菈斯科菲婭稱爲波琳娜，■
說話像唱歌，聲音拉得長長，
卻把束腰內衣穿得緊緊，
還學會使用鼻音，
把俄語的H發成法語的N；
不過，這一切很快成爲過去：
紀念冊、女公爵阿麗娜、束腰內衣，
還有寫著感人肺腑小詩的筆記，
都讓她給拋到九霄雲外；
她把原來的塞琳娜稱爲阿庫佳，
也終於換上新棉袍，
戴上包髮帽。

■ 普菈斯科菲婭（Прасковья），較古老的俄羅斯女性名字；波琳娜（Полина），在當時較為時髦的女性名字。

然而丈夫愛她是眞心誠意，
對她的主意從來不干預，
放心地信任她大小事，
自己穿著睡袍吃吃喝喝；
日子過得安安逸逸；
傍晚有時來客人，
善良的鄰居一家人，
老朋友見面不客氣，
又是感傷往事，又是說人閒事，
總有事讓他們笑不可抑。
時間點點流逝；這時
吆喝奧麗佳燒水把茶沏，
接著，上菜把飯吃，
接著，就寢時辰到，
於是，客人打道回府去。

1 他們保持古老淳樸的習俗，
日子過得和和睦睦；
每逢謝肉節，照例慶祝，■
薄餅做得肥肥滋滋；
5 每年必定齋戒兩次；
喜愛鞦韆上下擺盪，
喜愛圓舞與聖誕節的歌謠，
每逢降靈節謝主的祈禱，■
9 一邊打著哈欠，
一邊往一束圓葉當歸草上，
他們灑下幾滴感動的淚水；■
格瓦司像空氣，對他們是必要，■
13 座上有賓客，招待按規矩，
官階分大小，上菜有先後。

■ 謝肉節（масленица），大齋戒前的一星期，這段時間俄國人可以盡情吃肉與薄餅，並跳舞作樂。之後齋戒期間只能吃素。

■ 降靈節（День Троицын），東正教復活節之後的第七個星期日。

■ 於降靈節，俄國人習慣用圓葉當歸草（заря）給先人掃墓。

■ 格瓦司（квас），俄國傳統飲料，黑麥麵包或黑麥粉、麥芽等製成，口感微酸清涼。

這般生活，如今兩人垂垂老矣。
終於，死神來敲門，
墳墓大門敞開迎夫君，
家人爲他戴上一頂新花冠。
午餐之前那時刻，他溘然長逝。
鄰人紛紛上門表哀悼，
孩子個個哭得很哀傷，
忠實老伴最悲痛。
他是單純善良的鄉紳，
在他遺骨安葬的地方，
石碑鐫刻如此墓誌銘：
謙卑的罪人，上帝的僕人，
官拜旅長，德米特里・拉林
此碑下永享安寧。

弗拉基米爾・連斯基
一回到自己的故里，
前來憑弔鄰人簡樸的墓地，
面對黃土一杯連連地嘆息，
不禁悲從中來久久難平息。
「可憐的尤里克！」他哀傷說道，
「他曾經把我往手裡抱。
還記得兒時我不時把玩
他胸前的奧恰科夫勳章！
他將奧麗佳許配於我，
還說：我能等到那一天嗎？……」
懷著滿心的悲戚，
弗拉基米爾隨即提筆
寫下詩歌一篇表哀戚。

奧恰科夫勳章（Очаковская медаль）：一七八八年俄土戰爭中，俄國從土耳其手中佔領奧恰科夫（Очаков），為紀念這項勝利，俄國政府頒發有功將士這項勳章。奧恰科夫位於烏克蘭。

在這兒，他也爲雙親
寫下哀悼的題詞，熱淚盈眶，
獻給尊長在天之靈……
唉！這縱橫交錯的人生犁溝，
宛如轉瞬即逝的莊稼，
代代的人按照老天祕密的意旨，
萌芽、成熟，又殞落；
代代的人前仆後繼……
如此生命無常的族裔
成長、騷動，又激盪
將我們的前人推擠進墳場。
我們的時候也將會來到，
我們的子孫等待時機一到，
也將我們推擠出塵世之外。

2 : 39

暫且沉醉吧，朋友們，
輕鬆地享受這人生！
我領悟人生的渺小，
對它鮮有眷戀；
我合閉雙眼，不想見識人生的幻象；
然而有些遙遠未來的盼望
有時　騷動我的心靈：
不留下一絲絲的足跡，
離開人世我將會悲戚。
我過活，我寫詩，不獲人家的讚賞；
然而　我似乎也有著盼望，
讓我可悲的命運發亮發光，
哪怕一聲的呼喚，也要像良朋益友，
提醒世人我的存在。

它會撥動某人的心弦；
或許，我創作的詩篇
承蒙命運的殊眷，
不會沉沒於勒忒河；■
或許（這是甜蜜的盼望！），
將來有哪個不學無術之徒
指著我風光的肖像，
說道：這是不折不扣的詩人！
請接受我衷心的感恩，
你這和平的阿奧尼德的崇拜者，■
呵，你啊，是你的記憶保存著
我信筆而就的詩篇，
是你獨具慧眼，
用你的手撫摸老人家的桂冠！

■勒忒河（Лета），希臘神話中冥府的河流，亡靈只要喝了這條河的水，便會忘記人世間的一切。

■阿奧尼德（Аониды），也就是希臘神話中的文藝女神繆斯（Муза）。

3

她是個少女，她墜入情網。
——瑪爾菲拉特

■原文為法文，作者是法國詩人瑪爾菲拉特（Jacques Clinchamps de Malfilâtre, 1732-1767）。

「去哪兒？我的大詩人呀！」
「再見了，奧涅金，我該走啦。」
「我不留你了；不過嘛，
你在哪兒打發你的夜晚吶？」
「在拉林家。」「這可怪啦。
饒了我吧！在那兒消磨每個夜晚，
你怎麼不難過啊？」
「一點也不。」「那我就不懂啦。
我看來，就是這麼一回事：
首先（且聽，我說的可對嗎？），
一個普通不過的俄羅斯家庭，
招待客人無微不至，
端上果醬，然後便是永恆不變的話題：
雨水、亞麻，還有牛圈……」

「我看這也沒什麼不好。」
「無趣，我的朋友，這就是不好。」
「我煩透你們時尚的社交；
家庭的氛圍讓我更歡喜，
那兒我能夠……」「又來田園詩這一套！
得了吧，親愛的，看在上帝分上！
怎麼？你這就走了，遺憾得很。
呵，我說啊，連斯基，能不能
讓我一睹這位菲麗達的風采，■
你那朝思暮想、生花妙筆、
滿眶熱淚，還有吟詩作對等等的對象？
讓我認識吧。」「你這是說笑。」「才不呢。」
「那我何樂不爲。」「什麼時候？」「何不現在。」
他們會很樂意招待我們呢。」

■菲麗達（Филлида），古代牧歌裡女主角常用的名字，這裡指奧麗佳。

「走吧。」——
兩位好友飛奔而去，
抵達後，受到的殷勤款待
有時繁文縟節得讓人不自在，
這般好客的風尚好似在古代。
如此待客之道眾所皆知：
奉上一碟碟的各式果醬，
端上一瓦罐的越橘水，
擺在打蠟的茶几上。
. . . .
. . . .
. . . .
. . . .
. . . .

他們抄一條最短的捷徑，
全速往家飛奔。■
我們暫且偷偷聽一聽
兩位主角所談是何事：
「呵，怎樣，奧涅金？你淨打呵欠。」
「習慣啦，連斯基。」「你比起從前
好像更不耐煩哪。」「怎會，還不都一樣。
瞧瞧，田野間不見一絲光亮；
快點，快點，安得留什卡，加把勁！
這種地方多麼討人厭！
我看哪，拉林娜頭腦太簡單，■
不過哪，老太太爲人很慈祥；
唉，我擔心，這越橘水
可別讓我吃壞了肚子。」

■俄語裡，拉林娜（Ларина）和拉林（Ларин）是同一姓氏，只不過拉林指男性，而拉林娜指女性。這裡的拉林娜指的是拉林家的女主人。

3：5

「你說說，哪一個是達吉雅娜？」
「就是那一個，神情憂鬱，
默默無語，就像斯薇特蘭娜，■
一進屋就獨坐在窗旁。」
「你真的愛上那妹妹？」
「那又如何？」「我寧願選擇另一位，
假如我是個詩人，就像你。
奧麗佳臉上缺少生命力。
簡直是凡．戴克畫筆下的聖母像：■
她那臉蛋圓圓又紅紅，
好似那無趣的月亮，
掛在那無趣的天空。」
弗拉基米爾冷冷地哼了一聲，
之後路上再也不吱一聲。

■ 斯薇特蘭娜，是俄國詩人茹科夫斯基（В. А. Жуковский, 1789-1852）抒情敘事詩《斯薇特蘭娜》（Светлана, 1813）中的女主角。

■ 凡・戴克，全名是安東尼・凡・戴克（Sir Anthony van Dyck, 1599-1641），比利時人，曾任英國查理一世宮廷首席畫家。

3：6

話說奧涅金作客拉林家，
激起大家內心陣陣的漣漪，
成爲街坊茶餘飯後的話題。
於是，揣測四起，眾說不一。
鄰人莫不竊竊私語，
有些難免不懷好意，
又是取笑，又是評議：
達吉雅娜的如意郎君已確定。
有人甚至武斷地肯定：
婚禮原本完全已排定，
卻又臨時被叫停，
因爲時髦婚戒未選定。
至於連斯基的婚姻大事，
良辰吉日他們早就敲定。

如此種種流言蜚語，
聽得達吉雅娜懊惱不已；
內心卻又說不出的歡喜，
不由得不把這事常想起；
一種念頭深深縈繞在心裡；
時候已到，情愫已生。
宛如種子落地生根，
在春天的陽光下萌發生機。
長久以來，她的遐思
燃燒著愉悅與哀愁，
渴望著命定的情緣；
長久以來，內心的煎熬
壓迫著她青春的胸懷。
心兒盼望著……那麼一個人，

3 : 8

1 終於，盼到了……雙眸一亮；
她說道：是他，正是此人！
呵！如今不論白天或夜裡，
抑或熱烈而孤單的夢裡，
5 一切滿滿裝著他的影，
一切聲聲呼喚他的名，
可愛少女好似著了魔。
人們和悅的語言，
9 女僕關切的眼色，
無不讓她心煩不已。
滿懷心事，哪聽客人說事，
詛咒他們閒得無聊，
13 抱怨他們不請自到，
責怪他們一坐不知何時了。

如今她多麼心領神會
沉浸於柔情蜜意的小說，
如今她多麼如癡如醉
暢飲著蠱惑人心的謊言！
產生於幻想的幸福力量
激發出虛構的小說人物——
茱麗葉・芙爾瑪的情人，
馬列克・阿戴爾、德・林納爾，
還有躁動不安的受難者維特，
以及出類拔萃的葛蘭狄生，
（其實都是讓人聽了想睡的人物）
所有這些男主角
在懷春少女如夢似幻的心裡，
化身一個統一的形象，
匯集奧涅金一人的身上。

維特，德國詩人歌德（Johann Wolfgang Von Goethe, 1749-1832）的書信體小說《少年維特的煩惱》（The Sorrows of Young Werther, 1774）中的男主角。

3 : 10

幻想著自己是
心愛作家筆下的少女，
珂菈麗莎、茱麗葉，還有黛芬妮，■
達吉雅娜懷抱著危險的書籍，
獨自徘徊於樹林的寂靜裡，
她在書籍中尋尋又覓覓，
尋獲自己隱密的熱情與夢想，
還有少女情思豐美的果實，
她不住地嘆息，
別人的哀愁，別人的歡喜，
都屬於她自己，
她忘情地輕聲吟詠著
給心愛男主角的信函……
但是我們的男主角，不論他是何許人，
絕對不會是葛蘭狄生。

■珂菈麗莎（Clarissa）是理查遜同名小說中的女主角。茱麗葉是盧梭的小說《新愛洛綺絲》中的女主角。黛芬妮（Delphine）是法國女作家斯達爾夫人同名小說中的女主角。

我們的作家熱情洋溢，
偏好格調莊嚴的文體，
筆下的男主角總是
完美無缺的範例。
他喜愛的角色總是
遭受不公正的排擠，
總是靈敏睿智，
又是迷人討喜。
主角純潔多情，
又是慷慨激昂，
奉獻生命在所不惜。
作品的最後一章不外是：
惡，受到罪有應得的懲罰；
善，獲得理所當然的報答。

3 : 12

今人的思想是非不明，
而道德觀念混沌不清，
小說裡，罪惡是可愛討喜，
在那裡，墮落是獲得勝利。
不列顛繆斯女神的無稽
攪動少女的春夢，
如今她的偶像
或是陰森的梵派爾，
或是陰鬱的漫遊者梅爾莫斯，
或是流浪的老猶太，■
或是「海盜」，和神祕的斯波加爾。■■
拜倫勳爵用那生花妙筆
把無可救藥的自私自利
包裝成憂鬱的浪漫主義。

■流浪的老猶太（ВечныйЖид）是中世紀基督教傳說：一位猶太人因羞辱了往赴髑髏地的耶穌基督，而遭懲罰終生流浪，直至最後審判日的來臨。

■「海盜」在這裏指的是拜倫的詩歌《海盜》（The Corsair, 1814）中的人物。

我的朋友，談此何意？
或許，是上天的旨意，
有朝一日我不再作賦吟詩，
新的魔鬼將附上我的身體，
菲比的恫嚇，我報之以鄙夷，■
寒酸的散文，我降格下筆；
那時，老派風格的小說
將佔據我愜意的黃昏日落。
我不作驚人之筆，
描繪惡人內心的痛苦，
我不過向你們講述
一個俄國的家庭典故，
兩情相悅的迷人夢幻，
還有我們的古老習慣。

■菲比（Феба），英文是Phoebe。她是古希臘神話中三位月神之一，代表新月。

3 : 14

我給諸位再敘敘
父親或老伯樸實的言語，
兩小無猜相約的會面
在老菩提下，在小溪邊；
醋海生波的無端折磨，
分手的苦痛與和好的淚水，
還有一而再的爭執，終於，
我讓他們攜手步上紅色地毯……
我將想起熱情奔放的甜言，
黯然神傷的情話，
在那已成過去的歲月，
拜倒美麗愛人的腳下，
如此話語曾經自我舌尖迸出，
如此話語現今的我早已生疏。

達吉雅娜呀，迷人的達吉雅娜，
我現在追隨妳灑下幾滴眼淚；
妳已經把自己的命運交給
時髦暴君的魔掌。
妳將被毀滅，親愛的；但在此之前，
妳將滿懷燦爛耀眼的希望，
把渾沌不明的幸福來呼喚，
妳將品嚐生命的甘甜，
把充滿希望的醉人毒藥往肚裡嚥，
與妳常相左右的是一個個的夢幻：
不論人在何處，妳都幻想著
這是兩人相會的洞天福地；
此處或彼地，就在妳眼前
命中注定的誘惑者將出現。

3：16

達吉雅娜無法排解思慕之苦，
走往花園，愁腸滿腹，
呆滯的目光突然低垂，
慵懶的身軀前行無力。
胸口，一陣跳動，
臉頰，瞬間火紅，
唇間，呼吸結凍，
兩眼金星閃閃，雙耳響聲嗡嗡……
夜幕降臨，月亮巡行
在遙遠的蒼穹，像巡邏兵，
樹蔭，夜鶯歌唱，
歌聲，婉轉嘹亮。
達吉雅娜黑夜中毫無睡意，
於是跟奶娘輕聲細語：

「睡不著，奶媽：這兒好悶呀！
打開窗，坐到我身邊吧。」
「怎麼，達尼雅？」■
「我悶得慌，我們談談古代的事吧。」
「談啥吶，達尼雅？從前啊，
我還記得不少陳年往事，
還有民間故事，
都是有關妖魔鬼怪與純情少女；
可現在都記不清楚，達尼雅：
過去知道的，現在都忘啦！
是啊，歲月不饒人吶！
記憶不行啦……」「奶媽，跟我說說吧，
妳那古老的年代：
妳那時有沒談過戀愛？」

■ 達尼雅（Таня）是達吉雅娜（Татьяна）的小名。

「呵，得了，在那個年代
從來沒聽過什麼談情說愛；
要不我那過世的婆婆
豈能讓我活到現在。」
「那妳又如何成了親，奶媽？」
「說起來，都是上帝的旨意。
我的凡尼亞比我還小，我的寶貝，
我那時年紀也不過十三歲。
媒婆兩週來回奔走，
跟我爹娘嘀嘀咕咕，
終於爹爹給我祝福。
我心害怕不住大哭，
哭泣中，我的辮子被解了開，
歌唱中，人家把我往教堂帶。」

「就這樣我進了別人的家門……
嘿，我說話妳沒在聽……」
「唉，奶娘，奶娘，我悶得慌，
我難受，我親愛的奶娘：
我想哭，我想痛快哭一場！……」
「我的孩子，妳是生了病；
上帝慈悲，保佑妳安康！
妳要什麼，就請講……
讓我給妳灑灑聖水，
妳全身都發燙……」
「我沒病：我……妳知道嗎，
奶娘……我心中已有所愛。」
「我的孩子，願上帝與妳同在！」
於是奶娘用枯瘦的手
給姑娘劃十字，祈求保佑。

3 : 22

我認識不少美女高不可攀，
純淨、冰冷，像冬天，
難以追求，心如鐵石，
高深莫測，不可思議；
她們時髦的傲氣讓我詫異，
她們天生的德行讓我驚奇，
而且不得不承認
她們讓我避之唯恐不及，
並且似乎讓我驚恐萬般地讀到，
她們眉頭上地獄般的碑文寫到：
「你們永遠別指望。」
挑動眞情，她們覺得是災禍，
嚇跑人們，她們覺得是快活。
或許就在涅瓦河的兩旁
你們曾見識類似的女郎。

古怪的女性，我見識過另一類，
她們受到馴服的崇拜者包圍，
對於熱情的嘆息與讚美，
她們報之以矜持與淡然。
可知，我有何讓人驚奇的發現？
她們用淡漠的舉動
嚇退怯懦的愛情，
又有能耐將它再點燃，
至少她們會表示抱歉，
至少她們說話的聲音
有時好似柔情滿滿，
讓涉世未深的痴心漢
輕易地陷入迷惘，
再度爲一場美夢來奔忙。

3 : 24

何以達吉雅娜更該受責難？
是否由於她的可愛與天眞，
竟然不識什麼是謊言，
相信自己編織的夢幻？
是否由於她愛得不矯情，
放任情感的奔騰，
是否太過輕信於人，
是否老天賦予她
騷動不安的想像，
生氣勃勃的意志與聰明，
以及執拗的個性，
還有熱烈又多情的心靈？
難道你們不能見諒
她熱情奔放的率性？

情場嬌娃莫不工於心計，
唯有達吉雅娜死心塌地，
獻身愛情，一心一意，
宛如可愛的童稚。
她從不說：稍後再談——
如此抬高談情說愛的本錢，
讓人陷入情網難自抑；
首先，用希望撩逗虛榮，
再來，用高深莫測的技巧，
讓人內心煎熬，
接著，用嫉妒重燃愛的火苗；
否則，狡猾的俘虜一旦玩膩，
無不準備隨時隨地
掙脫枷鎖，溜之大吉。

3 : 26

我還預見一項的難題：
爲了挽救祖國的榮譽，
有一件事不容再懷疑，
達吉雅娜的信得翻譯。
她的俄語並不很優異，
她不閱讀我們的雜誌，
使用我們祖國的言語，
表達思想對她很吃力，
因此寫信她得用法語……
無可奈何！我得重述：
如今女人心中的情意
使用俄語詞不能達意，
如今我們自豪的言語
並不適用散文書信體。

我知道，有人想要強迫女士
多讀俄語。眞的，可怕至極！
我很難想像，《好心好意》
她們竟能人手一冊！
我的詩人啊，你們爲我證實：
你們難道不曾冒冒失失
爲那些巧笑倩兮的女士
偷偷地吟賦作詩，
獻上自己的情意——
她們個個使用俄語
不都是蹩腳又吃力，
並且可愛地曲解語意，
而且她們嘴裡的外語
豈非都變成本國語？

3 : 28

老天可別讓我在舞會裡，
或是在台階與人道別時，
碰見那些身圍黃色披肩的女學生，
以及那些頭戴包髮帽的女院士！
沒有語法錯誤的俄文，
恰似沒有笑意的紅唇，
怎樣也不討我的喜歡。
或許是我晦氣，
新一代的美女
將聽從報刊雜誌的呼籲，
教導我們通順的文理，
廣泛地運用詩句；
但是我……這與我何干？
我仍將遵循古老的習慣。

3 : 29

語無倫次的喃喃自語，
文理不通的竊竊私語，
仍會在我的心中響起，
引起我胸口陣陣戰慄；
爲此懺悔我沒有力氣，
法語風格我很是歡喜，
像似昔日年少輕狂的過失，
像似波格丹諾維奇的情詩。■
得了，這事暫且不必提，
佳人書信該提筆來翻譯；
已然應允，如何才好？
我眞的想把此事推掉。
我知道：
柔情的帕爾尼筆調■
如今已經不再時髦。

■ 波格丹諾維奇（Ипполит Фёдорович Богданович, 1743-1803），俄國詩人兼翻譯家。

■ 帕爾尼（Evariste-Désiré de Parny, 1753-1814），法國詩人，以情詩著稱，對十八世紀末、十九世紀初的俄國詩歌深具影響。

酒宴歌手，慵懶而憂鬱的歌手，
要是你還在我左右，
我會用不客氣的要求
把你打擾，我親愛的好友：
　請把這位多情的少女
洋洋灑灑的異國話語，
改編成醉人的樂曲。
你在哪裡？來吧：這項權利
我恭恭敬敬地獻給你……
然而，遊走於幽淒的懸崖絕壁，
他的心不習慣別人的讚譽，
踽踽在芬蘭的天際，
他躑躅徘徊，他的心
聽不見我痛苦的呻吟。

3 : 31

眼前是達吉雅娜的情書，
我一直拿它當聖品守護，
閱讀時心裡有一絲愁苦，
卻不厭其煩地讀之再讀。
是誰喚醒她這般的綿綿情意，
還有眞摯又奔放的字字珠玉？
是誰激發她動人的夢中囈語，
還有心靈最深處的胡言亂語？
它雖扣人心弦，卻有害無益。
我眞是不懂。然而，這就是
既不傳神又拙劣的翻譯，
似生動圖畫瞥腳的抄襲，
或是膽怯的小學女生的手指
彈奏的《魔彈射手》的樂曲。■

■這裡指的是德國作曲家韋伯（Carl Maria von Weber,1786-1826）譜寫的歌劇《魔彈射手》（Der Freischütz, 1820）中的序曲。《魔彈射手》被認為是德國第一部浪漫主義歌劇。

我給您寫信——還能怎樣呢？
我還能說什麼？
現在，要是以輕蔑對我懲罰
我知道，也只能悉聽尊便。
但是，您對我不幸的命運
那怕還有一絲絲的憐惜，
對我也不至於不睬不理。
起初我本想緘默不語；
您相信：您原本無法得知
我內心是多麼難為情，
每當我暗懷希望，
偶爾，哪怕一週一次
只要能與您相見在村里，
只要能聽到你的話語，
只要能對你說上一兩句，

然後，想呀想就只有這件事，
朝思暮想直到下次再見面。
但是大家說，您天性孤僻；
窮鄉僻壤讓你感到孤寂，
確實我們……我們沒有什麼好得意，
雖然喜歡您是眞心誠意。

何以您造訪我家門？
在這世人遺忘的荒村，
我本來不知您是何許人，
更未識這般愁苦與磨難。
涉世爲深的心靈騷動
將隨時間流轉而平息（誰知道？），
我該覓得知心的伴侶，
我該成爲賢慧的妻子，

我該成爲善良的母親。

另有其人！……不，對世上其他人
我絕不會獻出我的心！
這是命運的安排……
這是上天的旨意：我是屬於你；
我用整個一生的忠實，
保證你我將後會有期；
我知道，你是上帝給我的恩賜，
終其一生將爲我護庇……
你曾出現在我睡夢裡，
雖模糊不清，卻親切可喜，
你神奇的目光讓我心神戰慄，
你的聲音久久迴盪在我靈魂裡……
呵，不，這不是一場夢！

你一走進，我旋即知曉，
我頓時驚呆，渾身燃燒，
我暗自忖道：這就是他！
不是嗎？我聽到你的聲音：
你靜靜地跟我說話，
當我幫助窮苦的人家，
當我用祈禱擺脫那
滿心的騷動與憂愁？
並且就在這刹那，
不是你嗎，親愛的幻影，
在透明的幽暗中閃現，
悄悄地俯身到我床頭？
不是你嗎，滿腹歡喜與柔情，
對我輕聲訴說對未來的期望？
你是何許人，是我的守護天使，

還是狡猾的誘惑者：
請爲我一解心中之疑。
也許，這一切都是空談，
是未經世事的靈魂編織的謊言！
命中注定的根本是另一回事……
不過，就算如此，
如今我還是把命運託付於你，
在你面前我灑下幾行淚珠，
懇求你的愛護……
試想：我孤單一人，
我的心理無人能懂，
我的神志疲憊無力，
我該當悄悄地逝去。
靜候回音：唯有你的眼神
能重燃我內心的希望，

否則就把我沉重的美夢粉碎，
唉，給予我罪有應得的責備。

就此擱筆！我不敢重讀……
滿懷羞愧與恐懼，我無地自容……
但是你的人格是我的保障，
我大膽地將自己託付於你……

3：32

達吉雅娜又是長吁，又是短嘆，
情書不時在手裡發顫；
玫瑰紅的封箋紙條
在熾熱的舌尖舔濕又烤乾。
她的頭低垂在胸前，
薄薄襯衫微微下滑，
露出動人的雙肩……
這時皎潔的月光漸漸黯淡。
遠處的山谷衝破薄霧，漸漸明亮。
遠處的溪流銀光閃閃，
遠處傳來牧人的號角，
喚醒沉睡的農人。
清晨降臨：眾人早已下床，
唯有達吉雅娜渾然不覺。

她不覺曙光已現，
只顧低頭呆坐不動，
也未把雕花的印章
蓋在封好的書信。
這時，房門輕輕推開，
菲莉琵耶芙娜滿頭斑白，
拿著托盤給她端上茶來。
「不早了，該起床，我的孩：
啊，小美人，該準備起來！
呵，我早起的鳥兒！
昨晚妳可把我嚇壞！
呵，感謝上帝，妳無病無災！
夜裡的憂愁了無痕跡，
容顏像罌粟花般豔麗。」

3 : 34

「哎呀！奶娘，幫個忙吧。」
「好啊，親愛的，妳說就是啦。」
「妳不要以爲……眞的……別瞎疑心吶……
但妳瞧……哦！可別推託呀。」
「我親愛的，上帝給妳擔保。」
「那麼，可別讓人知道，
叫妳的孫子把這封便函送給奧……
給那個……鄰居，還要對孫子關照，
叫他一個字也別說起，
叫他別把我名字提起……」——
「親愛的，究竟送給哪一個？
我現在已經老糊塗，
左右鄰居那麼多個，
我哪能一一數得出。」

「瞧妳，人家的心思都猜不出，奶媽！」
「我的心肝，我已經老啦，
人老，腦袋不靈光，達尼雅；
可是從前，我機靈得很哪，
常常只要老爺一句話……」
「呵，奶媽，奶媽呀！扯到哪兒啦？
我管妳腦袋是否機靈幹嘛？
妳瞧，這兒有一封信，
送給奧涅金。」——「哦，好辦，好辦。
快別生氣，我的小心肝，
妳知道，情況我不大明白……
怎地妳臉色又發白？」
「沒事，沒事，奶媽。
打發妳的孫子去吧！」

豈知一天過去，不見回音。
第二天降臨，還是沒有音訊。
一早便梳妝打扮，人卻蒼白得像失了魂，
達吉雅娜整日枯等：何時會有回信？
只見奧麗佳的愛慕者翩翩上門。
「您說，您那位朋友人在哪裡？」
女主人向他提出問題。
「他簡直把我們都忘記。」
達吉雅娜霎時滿臉發燙，全身戰慄。
「他答應今天要來，」
連斯基答覆老太太，
「看來，有信件讓他耽擱。」
達吉雅娜把雙眼垂下，
彷彿狠狠挨了一頓責罵。

夜幕低垂；晚茶的茶炊在桌上
閃閃發亮，嗞嗞作響，
燒煮著中國茶壺裡的茶水；
薄薄的水汽在它四周飄盪。
從奧麗佳手中
斟出一杯杯的茶水，香氣四溢，
濃黑的茶汁不住流淌，
小廝隨時把奶酪遞上；
達吉雅娜呆立在窗旁，
呼氣在冰冷的玻璃窗，
我的寶貝，她陷入沉思，
一隻迷人的纖纖玉指
在霧氣濛濛的窗上寫著
朝思暮想的奧與葉兩個字。

3：38

此時的她心有千千結，
無神的雙眼含淚欲滴，
驀然，一陣達達的馬蹄！……
她全身的血液霎時凍結。
越來越近！怒馬奔馳……葉甫蓋尼！
他人已到院子。「哎唷！」達吉雅娜
一溜煙跳進另一道門堂，
從台階到院子，直奔花園，
飛也似地奔呀奔，回頭看一眼
她可沒那個膽；轉瞬間
她已越過花壇、小橋、草地，
還有通往湖濱的幽徑與樹林，
撞斷多少丁香花的樹枝，
沿著花圃奔向一條小溪，
終於，氣喘吁吁，往一條長椅

倒了下去……
「他來了！來了，葉甫蓋尼！
哦，天啊！他會怎麼想！」
達吉雅娜滿懷愁腸，
也存有一絲幽微的夢想，一線的希望；
她四肢戰慄，渾身火燙，
等待著：他到底來不來？但是沒聽見。
幾名女僕分散在花園的果畦上，
採摘漿果，穿梭在樹叢，
並按東家命令齊聲合唱。
（東家的命令有根有據，
讓女僕的嘴巴忙著歌唱，
才不至於嘴饞偷吃漿果：
鄉下人的主意有夠妙！）

姑娘家，美女們，
姊妹淘，心肝們，
痛快地玩，姑娘們，
歡快地唱，親愛們！

大家來把歌兒唱，
唱出內心的悄悄話，
好引誘那少年郎
奔往我們的圓圈舞。

一旦引來少年郎，
一旦遠遠看見他，
親愛的，我們逃散向四方，
把櫻桃拋呀拋向他，
拋呀拋，櫻桃還有覆盆子，

還有紅醋栗。

可別來偷聽
我們唱出心裡的歌，
可別來偷看
我們姑娘玩遊戲。

3：40

她們的歌聲清亮，
達吉雅娜卻無心欣賞，
她焦急地等呀等，
好平息心頭砰然的悸動，
好澆熄兩頰火熱的緋紅。
豈知胸口仍不止地顫動，
兩頰的火焰也未見熄滅，
反而越燒越烈，越燒越烈……
好似小蝴蝶可憐兮兮地
撲打著五彩繽紛的小翅，
被頑皮的孩童抓在手裡；
好似小白兔哆嗦在田裡
突然發現遠處利箭一支，
穿過樹叢往牠飛射。

終於她長嘆一口氣，
從長椅上站起，
才走幾步，剛轉入林蔭小徑，
赫然出現在她眼前的竟是
目光炯炯的葉甫蓋尼，
他宛如可怖的幽靈般矗立，
她好似烈火焚身般，
手足無措地呆立。
不過，這次的不期而遇如何結局，
親愛的朋友，今日
繼續說下去我已經沒有力氣；
說了這一段長長的故事，
我也該散散步，稍作休息：
後事如何，以後再說仔細。

4

道德寓於萬物本質之中。
——內克

■內克（Jacques Necker, 1732-1804），原為瑞士銀行家，後成為法國政治家，於一七七七至一七八年間，擔任法國國王路易十六的財政大臣。

我們少愛女人一點點，
她們就會多愛我們一點點，
而且我們能更牢靠地編織一張張
誘人的情網，
將她們一網打盡。
浪蕩人物多是無情，
以情場好手腕聞名，
到處吹噓自己的風流韻事，
只求男歡女愛，不談山盟海誓。
然而這種了不起的遊戲
只有在那受人歌頌的老祖宗年代，
屬於那些老猿猴的豐功偉蹟：
洛夫萊斯的美名已經衰敗，■
紅色鞋跟與華麗的假髮■
已不再受人青睞。

■ 洛夫萊斯（ловлас 或 ловелас），源於英國作家理查遜（S. Richardson, 1689-1761）的小說《克拉麗莎》（Clarissa: Or The History of a Young Lady, 1747）中的主人翁。在本小說中，洛夫萊斯對女主角克拉麗莎百般誘惑，最後並以卑劣的手段羞辱女主角。由於本小說風靡歐洲，洛夫萊斯一詞便成為「色鬼」、「熱衷勾搭女性者」的代稱。

■ 十八世紀法國上流社會輕浮、奢華，貴族出入宮廷喜歡頭戴假髮，腳踏紅色鞋跟的靴子。

4:8

虛情假意誰人不覺心煩，
花樣翻新卻是老調重彈，
煞有介事竭力要人相信，
眾人皆知根本毫不新鮮，
擾人耳根 同一套的責難，
大張旗鼓 堅稱消滅偏見，
其實，連年紀十三的小姑娘
都不可能有那般的成見！
誰人不感厭倦，對那些威嚇，
那些祈求、誓言與造作的惶恐，
還有洋洋灑灑六大頁的便函、
淚水、欺騙、謠言與指環，
以及那些姨娘與母親虎視眈眈的監看，
與丈夫們沉重得讓人難以承受的交情。

這正是奧涅金心路的歷程。
初嚐青春年少，
他陷入迷惘的風暴，
成爲奔放情慾的犧牲。
放縱於生活的惡習，
一度沉迷於某一項嬉戲，
卻又絕望於另一項玩意。
希望，日復一日讓他煎熬，
成就，虛浮如風讓他苦惱。
不論是喧囂中，還是寧靜裡，
他聽到內心無休無止的低泣。
他用笑聲壓抑哈欠：
如此這般地消磨八年，
糟蹋生命的美好燦爛。

他不再眷戀任何美女，
追求女人只是逢場作戲。
讓人拒絕——頃刻安然無事，
遭人背叛——樂得怡然休憩。
追求女人，他不覺甜蜜，
拋棄女人，他不感惋惜，
管她們愛也好，恨也罷，
從來不把她們想起。
好似淡漠的賭客，
晚上來一局「惠斯特」，■
坐了下來，等賭局完了：
站起身來，便揚長而去，
在家裡安安穩穩睡大覺，
直到明日早晨還不知曉，
晚上又要到哪兒樂逍遙。

■惠斯特（whist），類似橋牌的一種紙牌遊戲。

4 : 11

豈知，接獲達尼雅的信函，
奧涅金內心深感震撼：
她的語言充滿少女的憧憬，
激起他陣陣思緒的波瀾；
他想起迷人的達吉雅娜
那憂鬱的容顏與蒼白的臉頰；
此時的他思緒滿滿，
沉浸於甜蜜又無邪的夢幻。
或許，往日情感的火焰
霎時在他內心點燃；
但是，他不願欺瞞
一顆坦率、無邪的心靈。
現在我們暫且跳過，回到花園，
沒想達吉雅娜與他在此會面。

4：12

兩分鐘他們相對無言，
還是奧涅金朝她邁步向前，
開口說道：「妳給我來函，
莫要否認，我已閱讀
妳坦率心靈的傾訴，
妳無邪愛情的流露；
妳的眞誠讓我喜歡；
它讓我早已消沉的情感
重新掀起陣陣的波瀾；
但是我不想把妳稱讚；
如同妳對我的眞誠，
我也報之以坦誠，毫不遮掩；
現在請聽我的告解：
我把自己交付妳的裁決。

如果我要讓自己的生命
受到家庭生活的管束；
如果幸福的命運已注定
我要爲人夫，爲人父；
如果家庭和樂融融的畫面
讓我著迷，哪怕是一分鐘，——
請相信，我只會追求妳一人，
我的新娘不會是別人。
我不會說漂亮話表示奉承：
要是按當年的理想，
妳一定是我不二的人選，
做我憂鬱日子裡的良伴，
是我美好一切的保障，
說有多美滿……就有多美滿！

1 然而，我不是為幸福而生，
我的心靈對幸福是陌生；
於我枉然的是妳的完美：
我全然無法與她相匹配。
5 請妳相信（我以良心做保證），
我們的婚姻只會有磨難。
不論我對妳有多少愛，
時間一久，我就會把妳拋開；
9 到時妳會哭泣：而妳的淚水
不會讓我的心感動，
反而只會把它逼瘋。
妳且想想，海曼為我們兩位，■
13 也許，在那漫漫的歲月，
將準備什麼樣的玫瑰。

■ 海曼（Гименей），英文是 Hymen，是希臘、羅馬神話中的婚姻之神。

世上有什麼比這更壞：
一個家裡可憐的太太
日以繼夜孤伶伶一個人，
爲不稱心的丈夫愁思滿懷；
一個家裡丈夫煩悶無趣，
明知太太賢慧可貴
（卻愛抱怨時運不濟），
老是眉頭深鎖，不言不語，
怒氣沖沖，冷酷又猜忌！
我便是這樣。憑妳的誠摯，
憑妳的才智，妳給我寫信，
妳那顆純潔、火熱的心
難道尋覓的是我這樣的人？
難道天意注定，
要妳忍受如此嚴酷的命運？

4：16

夢想與年華一去不再來，
我無法挽回逝去的情懷……
我愛妳，用的是手足之愛，
它的溫柔或許還更有過之。
且莫動氣，聽我把話講：
年輕少女多有夢想，
不時更換瞬息萬變的幻想；
恰似小樹每年一到了春天，
都要換上嫩綠的新裝。
一切顯然是天意使然。
妳還會再戀愛：但是……
也該學會自制；
並非人人像我理解妳；
不諳世故會招致禍事。」

葉甫蓋尼這般地傳道。
達吉雅娜靜聽他說教，
淚眼模糊，什麼都看不到，
呼吸侷促，沒想把他駁倒。
奧涅金把手伸向她。達吉雅娜
（正如俗話所說，機械地）
心酸地、默默地挽著它，
無力地把頭兒垂下；
他們繞過菜園回家；
雙雙出現大家眼前，
無人對此表示抱怨：
鄉村享有如此的自由，
人人擁有幸福的權利，
與驕傲的莫斯科相同。

4 : 18

讀者諸君，想必你們同意，
對待傷心難過的達尼雅
我們這位朋友表現得親切有禮。
這已不是他的第一次，
表現如此高貴的心靈，
儘管人們總是存心不良，
對他什麼事都不肯原諒：
敵人也好，朋友也罷
（或許，二者沒差異）
莫不對他大肆抨擊。
人生在世難免有仇敵，
可上帝呀，讓我擺脫這些朋友！
我已受夠這些朋友呀，朋友！
我這樣把他們提起不是沒來由。

4 : 19

怎麼？其實沒什麼。我只是有意
消滅一些空洞、懵懂的夢囈；
我只是順便一提，
任何卑鄙的毀謗——
管它是撒謊者在閣樓造謠，
還是市井之徒所津津樂道——
任何的流言蜚語，
任何的街頭巷議，
你的朋友莫不帶微笑，
在正派人士的社交圈，
不懷惡意，不耍花招，
以訛傳訛重複一百遍；
其實，他捍衛你不動如山：
他愛你情意深重……如親戚一般！

4：20

呵！呵！高貴的讀者諸君，
你的親戚是否都無恙？
容我這麼說：或許，你願意
此時此刻讓我說仔細，
親戚究竟是何意。
這就是所謂的親戚：
我們有義務與他們多親近，
愛他們，衷心表示敬意，
並按國人的風習，
每逢聖誕必前往拜訪，
或者去函表示祝賀，
好讓一年其他日子裡，
他們不用把我們想起……
總之，上帝保佑他們長命活百歲！

然而，溫柔佳人的愛情
可靠更勝過友誼與親情：
即使面對狂風與暴雨，
你仍擁有愛情的權利。
這是再自然不過的道理。
然而，時下流行是旋風，
然而，人們天生多任性，
然而，社交流言如狂潮……
何況，佳人輕浮如鴻毛。
凡是賢慧的愛妻，
對於丈夫的主意
本來應該多尊重；
豈知，你那忠實的賢妻
往往瞬間變心轉意：
撒旦老是拿愛情當遊戲。

4 : 22

有誰可愛？有誰可信？
有誰對我們是眞情不渝？
有誰將心比心，拿我們的標準
衡量一切事情，衡量一切言論？
有誰不傳播流言，把我們詆毀？
有誰對我們關懷備至，體貼入微？
有誰對我們的缺陷不視作災難？
有誰永不讓我們心生厭煩？
汲汲營營追求幻影的人們，
別白費你們的心機，
還是好好愛護自己，
我可敬的讀者諸君！
這才值得你們的愛：
想來沒有誰比自己更可愛。

4 : 23

花園見面的結果怎麼樣？
唉，答案不難猜想。
愛火的煎熬與瘋狂
不停激盪年輕的心靈，
未曾稍減無盡的哀傷；
不，那惱人的熱火更熾烈地
燃燒在可憐達尼雅的心底；
她輾轉反側，難以入夢；
生命的花朵、甜蜜與健康，
少女的笑靨與安詳，
有如空谷回音，全都消散無蹤；
迷人達尼雅的青春轉眼即逝，
好似白晝才剛升起，
瞬間讓風暴前的烏雲給遮蔽。

4：24

唉，達吉雅娜日復一日凋萎、
蒼白、黯淡，終日不發一言！
什麼事也無法勾起她的趣味，
什麼事也無法挑動她的心弦。
街坊莫不煞有介事，
搖頭晃腦，咬耳私議：
時候到了，該給她找個婆家！……
不過，夠啦。我也應該趕快
用幸福美滿的愛情圖畫
讓各位看官稱心愉快。
親愛的讀者諸君，
我心頭的遺憾難以自禁：
抱歉得緊！其實我如此深愛她，
我那可愛動人的達吉雅娜！

4：25

話說連斯基，
拜倒於奧麗佳的青春與美麗，
每時每刻有加無減，
沉湎其中全心全意，
品嚐愛情俘虜的甜蜜。
他倆無時無刻形影不離，
依偎在她閨房的幽暗裡；
手攜手漫步在花園裡，
迎接著初升的晨曦；
還能怎樣？他沉醉於愛情，
內心在柔情與羞赧中悸動，
偶爾奧麗佳面帶鼓勵與微笑，
他才敢把飄散的秀髮撫弄，
或者親吻佳人的衣角。

4 : 26

有時他爲奧麗佳朗讀，
讀的是說教式的小說，
作者在書中對人性的解讀，
夏朵布里昂都會自嘆不如；■
時而會有三、兩頁
（簡直滿紙荒唐言，
有害少女的心靈）
他略過不讀，脹紅著滿臉。
他們有時遠遠避開眾人，
落坐在棋盤前，
手肘撐著桌子，
人卻陷入沉思，
連斯基心不在焉拿起卒子，
竟然吃掉自己的城池。

■ 夏朵布里昂（Франсуа Рене де Шатобриан, 1768-1848），十八、九世紀法國浪漫主義作家、政治家暨外交官。

就算驅車回到家，
他滿腦子還是奧麗佳。
輕快地翻動紀念冊的紙頁，
他煞費心思地爲她作裝飾：
輕輕地用羽筆與彩色，
有時畫上鄉村的景致、
石頭的墓碑、庫普里斯的神廟，■
或者豎琴上駐足著一隻白鴿；
有時紀念冊的紙頁，
在別人署名的下面，
他寫下情意綿綿的詩句，
留給馳騁的幻想無聲的紀念，
留給瞬間的情思永恆的足跡，
多年之後在那兒它依然如昔。

■庫普里斯（Киприда），來自希臘語 Kypris，是希臘神話中愛與美的女神阿佛洛狄忒（Aphrodite）的別名。

您見過當然不只一回
小城姑娘的紀念冊，
閨蜜們的信手塗鴉
佔滿整冊左右上下。
管它拼音是否正確，
管它格律有否工整，
按照古老相傳的風習，
提上長短不一的詩句，
作爲友情忠實的標記。
在第一頁可以發現：
您將在這裡寫下什麼？■
署名：您忠貞不二的安涅特。■
在最後一頁可以讀到：
「有誰愛妳更深切，
讓他接著我往下書寫。」

■ 原文為法文。

■ 原文為法文。

這兒您一定可以發現
花朵、火炬和兩顆愛心；
這兒您一定讀到如此誓言：
衷心相愛，至死不渝；
一位行伍詩人也在這裡
大筆一揮，留下蹩腳詩句。
我的朋友，這樣紀念冊裡，
老實說，我也樂意寫幾句。
我衷心相信，
我任何胡扯只要充滿熱情，
都能贏得人家的垂青，
事後也不會有人滿臉地冷笑，
一本正經地探討
我的胡扯是否巧妙。

但是你們，拼拼湊湊的殘卷，
來自妖魔鬼怪的書庫，
紀念冊華麗又堂皇，
讓趕時髦的蹩腳詩人搜索枯腸，
就算你們巧妙的裝飾
來自托爾斯泰神奇的畫筆，■
或是巴拉丁斯基的文筆，
但願你們燒毀在天雷裡！
每當珠光寶氣的仕女
把紀念冊遞到我手裡，
我滿懷的戰慄與怒氣，
在內心深處裡，
蠢動的是酸言與酸語，
寫下的卻是奉承與阿諛。

■這裡指的是普希金時代的著名俄國畫家托爾斯泰（Ф. П. Толстой, 1783-1873），而不是後來享譽世界的文學家托爾斯泰（Л. Н. Толстой, 1828-1910）。

4 : 31

青春洋溢的奧麗佳的紀念冊裡，
連斯基寫下的不是奉承與阿諛；
他筆下洋溢著火熱的情意，
不是冷冷地賣弄機智與俏皮；
有關奧麗佳的一切，
按所見所聞如實描寫；
於是哀詩像流水奔騰，
滿溢發自肺腑的眞情。
如此的你，滿腔熱情激盪，
詩興大發的亞濟科夫，■
老天才知你謳歌何方人物，
有朝一日所有哀詩收攏一處，
集成一部珍貴的小說，
細述你命運的全部。

■ 亞濟科夫（Н. М. Языков, 1803-1846），當時俄國小有名氣的詩人，與普希金熟識。

但是，莫聲張。你可否聽見？
批評家疾言厲色，■
吩咐吾人拋棄哀詩殘缺的花冠，
還對蹩腳的詩人弟兄大聲斥喝：
「不要再哀鳴啼叫，
不要再陳腔濫調，
不要再思古傷昔：
夠了，該唱唱別的曲調！」
「你說的對，你定會指示我們
寫寫號角、面具與短劍，■
還有，那些僵死的思想遺產
你也會要求我們讓它死灰復燃，
朋友，不是嗎？」——
不，你這是哪兒的話！
「各位先生，你們寫寫頌詩吧！」

■這裡的批評家指的是丘赫爾別凱（В. Кюхельбекер, 1794-1846），俄國詩人，是普希金在沙皇村學校的同班同學，後來成為「十二月黨人」。他的文學立場支持十八世紀的古典主義與頌詩，反對十九世紀初盛行於俄國的感傷主義與哀詩。他曾於一八二四年在自己參與發行的叢刊《女神謨涅摩敘涅》（Мнемозина）中，疾言厲色地批判哀詩，大力主張頌詩的創作。

■號角、面具、短劍都是古典主義戲劇的象徵。

「就像強盛年代的寫作，
就像古詩人的所爲所作……」
——盡是頌詩的偉大莊嚴！
嘿，得了吧，朋友；不都是一樣！
想想諷刺作家所言！■
《人云亦云》狡猾的抒情詩人
比起我們哀愁的蹩腳作家，
莫非讓你更能容忍？——
「但是，哀詩總是言不及義，
可悲是空虛的立意；
反觀頌詩的目標
既莊嚴，又崇高……」
這事我們可以相互鬥嘴，
可是，我不願多發一語：
我不願傷了兩個世代的和氣。

■ 這裡的諷刺作家指的是德米特里耶夫（И. И. Дмитриев, 1760-1837），詩人，俄國感傷主義文學代表之一。他於一七九四年寫了一首諷刺詩《人云亦云》（Чужой толк），嘲笑那些食古不化的低能頌詩作家。

4：34

連斯基崇拜榮譽與自由，
當思潮洶湧如滾滾波浪，
也能提筆創作頌詩幾首，
不過奧麗佳卻無意欣賞。
可曾有過這類事情，
詩人淚眼汪汪
爲心愛的人朗誦自己的詩章？
據說，世上沒有比這更高的獎賞。
的確，最幸福的是謙卑的情人，
盡情吐露心頭的夢想，
向著謳歌與愛戀的對象，
向著心醉神迷的佳人！
他眞是幸福不過……儘管——
佳人的失神
或許是心中念著他人。

4 : 35

可是，我天馬行空的夢幻，
我異想天開的合韻，
我朗讀文思果實的對象
唯有年邁的奶娘，■
是她伴我走過年少青春；
有時乏味的午餐過後，
鄰人閒來無事前來串串門，
我則出其不意扯住他衣襟，
逼他到牆角聽我朗讀悲劇，
或者（這可不是說笑）
有時為寂寞與韻腳而神傷，
我漫步在湖畔的僻靜，
把成群的野鴨驚動，
牠們聽罷我悅耳的詩句，
方從湖畔展翅飛去。

■ 普希金的奶娘阿琳娜・羅季翁諾芙娜・瑪特維耶娃（Арина Родионовна Матвеева, 1758-1828）雖出身農家，卻是普希金生命中的重要人物。她曾經講了很多俄羅斯名間故事，唱了很多民歌給普希金。一八二四至一八二五年期間，普希金遭沙皇軟禁在米哈伊洛夫斯科耶（Михайловское），也是由奶娘陪他度過。這段期間，奶娘是普希金作品的忠實聽眾。

4 : 36-37

至於，奧涅金到底怎麼樣？
諸位兄弟！稍安勿躁：
他每日如何消磨好時光，
我爲你詳細說分明。
奧涅金過著隱士的生活：
夏日晨起六時多，
輕裝上路到河畔，
河流奔騰在山腳；
仿效古爾納爾的詩人，■
橫渡赫里斯龐特的海灣，■
然後，品嘗一杯好咖啡，
同時，瀏覽低俗的雜誌，
接著，戴好帽，穿好衣……

■ 古爾納爾的詩人指的是英國詩人拜倫，古爾納爾則是拜倫《海盜》（The Corsair, 1814）一詩中的女主角。

■ 拜倫曾經在他的長詩《唐璜》（Don Juan, 1819-1824）第二章第一〇五節的註釋中提到，他本人如何游泳橫越赫里斯龐特海灣（The Hellespont），也就是今天的達達尼爾海峽（Dardanelles）。

4 : 38-39

散步，讀書，好夢酣暢，
林木鬱鬱，溪水淙淙，
還有那青春的少女
烏溜溜的眼珠，白晰晰的皮膚，
時而贈送清新的一吻；
馴良駿馬，騰躍奔馳，
珍饈佳餚，挑三揀四，
葡萄美酒，穿腸過肚，
深居獨處，靜謐安適：
此乃奧涅金神聖的時日；
生活得太上忘情，
逍遙得怡然自得，
送走無數美好的夏日，
忘記友人，忘記城市，
忘記節日無聊的娛樂。

然而，我們北方的夏季
恰似南國的冬季，
轉眼即逝，眾人皆知。
雖然我們無意承認。
天空已經瀰漫秋意，
陽光不再燦爛，
白晝日益短暫，
樹林沙沙悲響，
濃蔭外衣漸漸褪除，
田野籠罩茫茫薄霧，
不時傳來嘎嘎長鳴，
成群列隊野雁南飛：
無趣的時節轉眼近，
十一月寒氣在庭院。

曙光在冷冷夜幕中升起，
田野上渺無耕作的聲息，
公狼帶著飢寒的母狼，
不時遊蕩在路上；
趕路的馬匹嗅到狼的氣息，
不住打著響鼻——
戰戰兢兢的路客
全速飛奔往山裡；
晨曦初升的時辰
不見牧人趕牛出牛圈，
中午來臨的時刻
未聞牧笛呼牛回畜欄；
農舍裡有少女唱著歌，
紡紗時面對著冬夜的良伴——
照明火炬劈啪響不停。

1 這時籠罩著凜冽的寒氣，
原野上銀光發亮的是……
（讀者期待我押韻的是玫瑰；■
既然如此，那就押唄！）
5 小河結冰，閃閃生輝，
比時髦的鑲木地板還潔白。
孩子們嬉戲嘻嘻哈哈，■
冰刀劃過堅冰吱吱嘎嘎；
9 笨拙的白鵝拖著紅色蹼掌，
想到河心遊玩，
小心翼翼地踩在冰上，
又滑又跌，走得踉踉蹌蹌；
13 歡樂的初雪閃爍、飛旋，
落在河岸，好似繁星點點。

■ 本節原文第一行結尾是 морозы（嚴寒），接著，不少作者會以 розы（玫瑰）押韻。普希金一方面押韻，一方面對蹩腳詩人不無嘲諷之意。

4 : 43

這時節人在荒郊野嶺能做啥？
散步？這時的鄉下
舉目四望，一片光禿，
不禁讓人滿心發愁。
策馬奔馳在草原的淒涼？
然而馬蹄鐵已不堪磨損，
薄冰滑溜得行走難，
等著瞧馬兒失足在冰上。
那就枯坐寂寞的屋裡把書讀：
這是普拉德，那是司格特。■
要是不願嘛？——查查帳目吧，
發脾氣也好，喝杯酒也罷，
漫漫長夜馬馬虎虎打發，
明日還是一樣生活，
冬日還算愜意度過。

■普拉德（Dominiquede Pradt, 1759-1837），法國政論作家，以言辭犀利著稱。司格特（Walter Scott, 1771-1832），蘇格蘭歷史小說作家、劇作家兼詩人。

[redacted]

4 : 44

簡直是哈羅德的翻版，
奧涅金陷於幽思，活得閒散，
一覺睡醒，泡個冰水澡，
之後，鎮日深閉家門，
孤伶伶一人，心中卻不住盤算，
打從一大早，
手握光禿禿的撞球桿，
把球桌上的兩顆彈子打得沒完。
一到村裡夜幕降臨，
球桿放下，球台扔一旁。
壁爐前擺上好酒與美饌，
奧涅金恭候客人：
三匹灰馬拉著馬車奔騰，
連斯基就要上門；
快點讓我們開飯。

克麗歌寡婦與莫埃特，■
上好的美酒香檳
冰凍得透心涼，
立刻上桌款待登門的詩人。
美酒晶瑩剔透，好似繆斯的靈泉；■■
香檳泡沫跳動得心歡，
（宛如那些美事的迷人）■
讓我不禁醺醺然：
想當年我常因好酒貪杯
掏盡身上最後一文錢。
記得否，各位朋友？
那涓涓細流讓人迷醉，
曾經勾動我多少的痴狂，
多少的笑話，多少的詩情，
還有多少的爭論與美夢。

■克麗歌寡婦（Вдова Клико）、莫埃特（Моэт）皆是法國著名的香檳酒品牌。

■繆斯的靈泉（Hippocrene），希臘神話中赫利孔山（MountHelicon）的泉水。赫利孔山是文藝之神繆斯的住處。據說詩人喝了這裡的泉水，可以汲取創作靈感。

■普希金戲指夢幻的愛情與狂熱的青春。參見普希金原注（4:45）。

不過，它喧騰的泡沫
已經不合我的脾胃，
如今審慎理智的我
寧可選擇波爾多。■
對於「愛伊」我已不勝酒力；■■
「愛伊」好似情婦，
活潑、輕佻、豔麗，
既任性，又虛浮……
可是你啊，波爾多，卻像朋友，
不論我滿心哀愁，還是面臨災禍，
不論何時何地，永遠是我的同志，
不吝對我伸出援手，
或者陪我把閒暇消磨。
萬歲！我們的摯友，波爾多！

■ 波爾多（Bordeaux），一種法國葡萄酒。
■■ 一種法國香檳酒，參見普希金原注（4:45）。

4 : 47

爐火已熄，金黃的火炭
幾乎淹沒在灰燼；
只見輕煙裊裊升起，
壁爐吐露微微熱氣。
煤煙從管道往煙囪散去。
晶瑩的酒杯在桌上
發出滋滋聲響。
暮靄漸漸降臨……
（我喜愛友情洋溢的閒扯，
也喜歡友情洋溢的美酒，
總在那黃昏的時間，
所謂狗與狼之間的時刻——■
何以有此說，我可說不清。）
此時，朋友倆東談又西扯：

■「狗與狼之間的時刻」指的是黃昏時刻，源自法文 entre chien et loup，因為黃昏時刻牧羊人很難區分狗與狼。

「哦，兩位芳鄰怎樣了？達吉雅娜
還有你那活潑的奧麗佳？」
「給我斟上半杯酒吧……
夠了，老兄……他們全家
一切無恙，也讓我向你問候。
呵，老兄，那奧麗佳呀，
多迷人的香肩！多傲人的胸脯！
還有多美好的心靈啊！……
哪天一起作客去吧，他們會受寵若驚；
要不，我的朋友，自己想想吧：
才不過登門兩趟，
從此便不在那兒露面。
唉呀……我眞是糊塗蛋！
人家本週邀請你赴宴。」

4：49

「我？」「沒錯，本週六
達吉雅娜慶祝命名日。
奧麗佳和她娘吩咐邀請你，
你沒理由拒絕人家的盛情。」
「可是那兒一大堆客人，
到時會是龍蛇雜處……」
「這我保證，不會有什麼外人！
哪會有誰？還不都是自家人。
我們去吧，就勞你大駕啦！如何？」
「好吧。」「你這才夠意思！」
說罷，他把一杯酒一乾而盡，
表示對芳鄰的敬意，
然後再度侃侃而談，
三句話不離奧麗佳：這就是愛情！

他喜笑顏開。大喜之期
選定於兩週之後。
洞房花燭與床帷奧祕，
還有愛情花冠的甜蜜，
讓他期待中興奮不已。
至於婚姻生活的麻煩與操心，
日復一日打著呵欠的冷淡，
他連作夢也不曾夢見。
但我們是婚姻的仇敵，
在家庭生活裡只看見
一幅幅讓人厭倦的畫面，
彷彿出自拉封丹的手筆……
我可憐的連斯基，他竟一心一意
爲這種日子而生，爲這種日子而活。

有人愛他……至少他相信，
那時他是幸福的人。
幸福百倍的人忠於信念，
他把冰冷的理性不當一回事，
他讓內心怡然自得，
就像旅人宿醉在客棧，
或者，更文雅地說，
像蝴蝶吸吮著春天的花朵；
可憐可悲的人凡事先預見，
他的頭腦從來不發昏，
一切行事，一切言論，
他的解讀都可鄙可憎，
閱歷讓他內心變寒冰，
也讓他不再爲愛痴狂。

5

唉，妳可別見識這些恐怖的夢境，
我的斯薇特蘭娜！
——茹科夫斯基

■茹科夫斯基（Василий Ан дреевич Жуковский, 1789-1852），俄國浪漫主義詩人。本題詞引用自茹科夫斯基的抒情敘事詩《斯薇特蘭娜》（Светлана, 1813）。

那年，秋天
久久不捨得離開人間，
天地間等呀等待冬天。
直到正月才落下初雪，
那是初二的深夜。
一早甦醒，達吉雅娜望見窗外
晨曦裡院子一片雪白，
花壇、屋頂和籬笆，
還有玻璃窗結著薄薄的冰花，
樹木披上冬季的銀裝，
喜鵲在院子喧囂歡唱，
遠山鋪蓋冬天的地毯，
鬆鬆軟軟，銀光閃閃，
四周一切潔白、燦爛。

啊，冬日！……
有個農民興致高高
乘坐雪橇開出一條新道；
馬兒聞到冬雪的味道，
慵懶地踩著碎步快跑；
馬車奔馳，勇往直前，
鑿出鬆軟溝痕一道道；
車伕端坐在馭座，
腰繫紅束帶，身穿羊皮襖。
有個家僕男孩奔奔又跳跳，
一把將小黑狗放到小雪橇，
自己充當快馬拉著雪橇跑；
頑童凍僵小指頭：
覺得疼痛又好笑，
媽媽從窗口威嚇地喊叫。

不過，或許這樣的景致
引不起你們多大的興致；
這都是低級品味的大自然，
其中沒有多少高雅的東西。
受到靈感之神的啓示，
有位詩人用華麗的文筆，
爲我們描繪初雪的遐思，
還有冬日種種細緻的情趣；
他迷人之處我堅信不疑，
他火熱熱的詩句
描寫雪橇祕密出遊的樂趣；
我暫時無心一較個高低，
不論是與他，還是與你——
芬蘭少女的那位年輕歌手！

達吉雅娜（擁有俄羅斯靈魂，
自己也說不出所以然）
熱愛俄羅斯的冬天，
熱愛那冷冷的美景，
還有陽光下凜冽的冰霜，
熱愛乘雪橇兜風，與晚霞中
閃閃發亮的玫瑰色雪片，
以及主顯節夜晚的幽暗。■
他們按照古老的習俗，
夜晚都在家裡歡度：
全家上下的女僕
忙著爲兩位小姐問命占卜，
每年預測不外乎
丈夫是軍人，出發上征途。

■東正教的主顯節（Крещенский вечер）是在一月十八至十九日（俄曆是一月五至六日）之間的夜晚。傳統上，俄國人認為這是一年中最冷、最黑的夜晚，是俄國人挨家挨戶、沿街走唱聖誕頌歌的最後一夜，也是玩聖誕節占卜（святочные гадания）的最後一天。

達吉雅娜深信不疑
民間古老的故事、
夢境與紙牌占卜，
還有月亮暗示的禍福。
各類預兆讓她心慌慌；
世間萬物如此神祕祕，
向她暗示吉凶與得失，
預感讓她老喘不過氣。
貓兒裝模作樣，坐在爐台上，
哼哼唧唧地用爪子洗臉：
對她無疑是預兆——
準是客人要上門。
驀然瞧見左邊天際
金鉤似的新月冉冉升起，

她便臉色發白，渾身發顫。
有時，一道流星
掠過漆黑的夜空，
並碎裂成片片——
達吉雅娜總是驚慌失措，
趁著流星尚未殞落，
急忙對著流星許心願。
要是不巧在哪裡
讓她撞見黑袍僧侶，
或田間有一隻矯兔，
在她眼前穿越道路，
她會嚇得不知所以，
心頭充滿不祥的預感，
束手等待災禍的出現。

結果怎樣？身處這種恐懼，
她卻發現其中隱藏著妙趣：
大自然把人類如此創造，
祂對矛盾又有特殊偏好。
聖誕節期降臨，讓人好歡喜！■
年輕人心浮氣躁，愛占卜，
他們對什麼都不在乎，
眼前看不到人生盡頭，
有著光明美好的前途；
老人家戴著眼鏡，愛占卜，
他們一隻腳踩進墳墓，
一切都已一去不回頭；
但是沒兩樣：希望在耳旁，
兒語咿呀地，向他們撒謊。

■東正教的聖誕節期（святки）是從俄曆十二月二十五日的聖誕節到一月六日的主顯節，按西曆則是一月七日到一月十九日。

達吉雅娜目光充滿好奇，
凝視著融化的蠟油：
流淌的蠟油結成奇妙的花紋，
向她暗示某種奇妙的預言；
從一個盛滿清水的大盤
大家依次撈起指環；
輪到她撈出一枚指環，
一首古老的曲調眾人齊聲唱：
「那兒漢子錢多多，
挖著銀子用鐵鍬，
歌兒唱到誰，誰就好運到，
享受榮耀跑不掉！」
不吉利，這是哀傷的曲調！
女兒心還是喜歡母貓的小調。

冬夜冰寒，夜空清朗；
奧妙的群星燦爛輝煌，
星斗流動，和諧又安詳……
達吉雅娜身穿低胸衣裳，
走到寬敞的大院，
手拿明鏡對準月亮；
豈知，在漆黑的鏡面
悲傷的月兒哆嗦出現……
聽，雪地沙沙作響……有人走近，
少女踮起腳尖朝他飛奔，
她的話聲溫婉，
比蘆荻的樂聲還動人：
請問來者何名？
來人望了望，答道：阿加豐。

按照俄國古老習俗，在聖誕節期間的夜晚，少女拿著鏡子對準月亮，月亮中會有一張臉映照在鏡子裡，這將透露少女未來夫婿的長相。

阿加豐（Агафон）是源自希臘語 Agathon 的古老名字，它聽在俄國人耳裡感覺有點粗俗與老氣。普希金在此不無戲謔之意。

5：10

達吉雅娜聽從奶娘的提議，
準備在深夜卜卦，
她悄悄吩咐在浴室
擺好一張餐桌、兩份餐具；
哪知達吉雅娜霎時感覺恐懼⋯⋯
至於我嘛——想到那位斯薇特蘭娜，■
也是不免心驚——算了吧⋯⋯
我們就不跟達吉雅娜一起卜卦。
達吉雅娜解開腰間的絲帶，
寬好衣上床就寢。
列里盤旋她頭頂，■
絨毛枕頭底下
藏著一面姑娘家的梳妝鏡。
萬籟俱寂，達吉雅娜入夢境。

■ 茹科夫斯基的抒情敘事詩《斯薇特蘭娜》裡，女主角斯薇特蘭娜以同樣方法召喚情人，結果他把女主角帶到他的墳墓。後來才發現，這其實只是一場惡夢。

■ 列里（Лель），古斯拉夫人泛神教思想裡掌管愛情與婚姻的神祇。

達吉雅娜做了奇怪的夢。
夢裡的她彷彿獨自一人
走在白茫茫的雪原，
環顧四周，霧色凄愴；
只見眼前堆堆的積雪之間，
幽暗的急流捲起白花片片，
水勢滾滾，水流琤琤，
嚴冬鎖不住流水奔騰；
冰雪將兩根木桿凍結成一塊，
構成異常危險的小橋，
搖搖晃晃地橫越急流兩岸；
面對水聲喧嘩的深淵，
達吉雅娜疑慮滿心，
停下腳步，猶豫不前。

達吉雅娜嘟嘟囔囔，抱怨溪流，
就像抱怨惱人的離愁；
看到對岸人影全無，
無人向她伸出援手；
豈料，一個雪堆突然搖晃，
會有誰要從雪堆裡出現？
眼前，一隻毛茸的大狗熊乍現；
達吉雅娜驚叫一聲「啊」，
狗熊咆哮，朝她伸出利爪；
她勇氣鼓足，
用哆哆嗦嗦的小手把它抓住，
然後，邁出戰戰兢兢的腳步，
終於，越過水流，繼續前走——
怎地？哇，狗熊緊跟在後頭！

她沒敢回頭看看身後，
只有匆匆地加快腳步；
可是她如何無法擺脫
那渾身毛茸茸的忠僕；
討厭的狗熊哼哧地跟來；
眼前出現一片森林；
一株株松木寂然不動，
呈現美人皺眉的風采；
一條條樹枝壓著沉沉雪片；
還有光禿的樺樹、菩提與白楊，
夜星穿過樹梢，灑落閃閃銀光；
不見道路，只見懸崖與樹叢，
一切遭暴風雪重重蹂躪，
一切在白雪裡深深埋藏。

5 : 14

達吉雅娜進森林，狗熊跟在後；
積雪鬆軟，深及腰；
忽而，一條長長的樹枝
驀地鉤到她的頸，
忽而，金耳墜猛地從耳鬢扯落；
忽而，濕漉的鞋子從玉足脫落，
陷入鬆軟的雪地；
忽而，頭巾掉落，無暇撿起；
她心驚不已，
聽到身後熊的呼氣，
她甚至巍巍顫顫伸出手
羞澀地把衣襟拉起；
她跑呀跑，狗熊追在後，
終於，她跑得已經沒力氣。

她摔倒在雪地，狗熊動作迅速，
一把抓起她，拖著上路；
她大氣不喘，身體不動，
她失去知覺，任憑擺弄；
狗熊拖著她，飛奔在林間道路；
乍然林間出現一間破落的茅屋；
渺無人煙，一片荒涼，
層層冰雪覆蓋在四面八方，
卻見小窗燈光明亮，
茅屋傳來陣陣吶喊；
狗熊喃喃自語：「這兒住著我的乾親家，■
暫且在這兒烤烤暖！」
牠逕自走入門廊，
順手把達吉雅娜留在門檻。

■乾親家（кум），俄國習俗中，小孩的親生父母對小孩的教父的稱呼，或者小孩的教父母對小孩的親生父親的稱呼。

5 : 16

達吉雅娜甦醒，舉目一看：
狗熊不在，她人卻躺在門廊；
門裡傳來陣陣叫鬧與杯觥交錯聲，
好似舉辦喪禮的盛宴；
她覺得莫名其妙，
於是偷偷從門縫往裡觀瞧，
怎地，她瞧見什麼？……
只見桌旁坐滿妖魔鬼怪：
有一個是牛角狗面，
另一個腦袋似公雞，
這兒是巫婆，卻長著山羊鬍，
那兒是骷髏，舉止拘謹，一臉倨傲，
又有小精靈，長著小尾巴，
還有個怪物，半身是鶴，半身是貓。

還有的更詭異、更恐怖：
瞧，有隻龍蝦騎著蜘蛛，
瞧，鵝頭有個死人顱骨，
顱骨戴著紅帽，不住打轉，
瞧，有台磨粉機蹲著跳舞，
葉片扇得「劈哩啪啦」響；
狗吠人哄笑，唱歌吹口哨，
還有人拍手叫好，
人聲嚷嚷，馬蹄達達！
不過，不知達吉雅娜作何感想，
這時她在賓客間赫然發現
那位她又愛又怕的人物——
也就是本書的主人公！
奧涅金落坐餐桌邊，
不時偷偷往門外看。

奧涅金比個手勢——大家一陣奔忙，
他一喝酒——大家喝酒，眾聲喧嚷，
他一發笑——大家哈哈大笑，
他一皺眉——大家噤若寒蟬；
看來，這裡當他是老大：
於是，達吉雅娜不再如此害怕，
現在，好奇心油然而起，
把房門稍稍推開……
豈知一陣狂風颼起，
寒夜燈火剎時吹熄；
這幫妖魔一團慌亂；
奧涅金目光炯炯，
霍然站起，怒喝一聲；
眾魔立起；他走到門旁。

達吉雅娜大吃一驚，
匆忙之間想極力落跑，
豈知無論如何跑不動；
急得團團轉，直想尖聲叫：
竟然叫也叫不出聲；
卻見奧涅金推開門：
少女暴露在地獄諸魔的眼前；
掀起陣陣狂野的叫喊，
鬼怪的蹄子與目光、
扭曲的長鼻與毛茸的尾巴、
血紅的舌頭、鬍鬚與獠牙、
還有犄角與骷髏的爪，
一個個指向她，
「我的！我的！」眾妖魔紛紛吶喊。

「我的！」奧涅金怒喝，氣勢逼人，
妖魔鬼怪頓時消失無影蹤；
留在冷冷冽冽幽暗中
只有少女與奧涅金兩人面對面；
奧涅金悄悄拉起達吉雅娜，
來到一個角落坐下，
讓她坐到一張搖晃的椅子上，
還把自己的頭倚偎在她肩膀；
突然走進奧麗佳，
身後跟著連斯基；亮光一閃，
只見奧涅金手一揮，
眼睛狠狠一瞪，
把不速之客大罵一頓，
達吉雅娜差點靈魂出竅，渾身癱軟。

5：21

越吵越兇，越吵越烈，乍地，
奧涅金把長刀抓起，霎時，
連斯基翻身倒地；暗影凝聚，
讓人驚悚；傳來一陣
淒厲叫聲……茅屋搖晃……
這時，達吉雅娜驚醒……
睜眼，屋裡已經大亮；
透過結凍的玻璃窗，
嫣紅的霞光閃閃跳動；
房門打了開，奧麗佳出現，
比北國女神奧芙蘿菈還嬌豔，■
比燕子還輕盈，她翩然飛進；
「怎地，給我說說看，
妳夢中所見是何人？」

■奧芙蘿菈（Аврора）是羅馬神話中的曙光女神。

豈知，她對妹妹不理也不睬，
拿起書一股腦往床上躺，
把書一頁一頁地翻動，
自顧自地不聲也不響。
此書並無特殊之處，
未表現詩人甜美的構想，
沒有哲理，沒有美景，
但是，維吉爾與拉辛，
還有司各特、塞尼卡與拜倫，■
甚至《仕女時尚》雜誌，
都不如它引人入勝：
這是馬丁．扎德加，諸位朋友，■
迦勒底聖賢以此人爲首，■
他既能解夢，又會占卜。

■維吉爾（Virgil），原名 Publius Vergilius Maro（70B.C.-19 B.C.），古羅馬詩人；拉辛（Jean Racine, 1639-1699），著名法國劇作家；司各特（SirWalterScott, 1771-1832），十九世紀蘇格蘭歷史小說家兼詩人；塞尼卡（Lucius Annaeus Seneca, 4 B.C.-65 A.D.），古羅馬著名哲學家、政治家兼詩人；拜倫（George GordonByron, 1788-1824），英國詩人，浪漫主義文學泰斗，也是革命家。

■迦勒底人（Chaldean）是居住於西亞美索不達米亞的閃族人（Semite），自古以來他們以擅長魔法、占卜、占星、巫術等著稱。聖經中多次提到這個民族。

有回，跑江湖的貨郎
來到他們這偏鄉，
將這部深奧的奇書
終於轉讓給達吉雅娜，
連同一部殘缺的《瑪爾維娜》，■
要價三個半盧布，
順便，他還拿走
通俗寓言集一冊、
語法書一冊、《彼得頌》兩冊，■
外加，《瑪蒙泰爾文集》第三冊。■
從此以後，扎德加成為
達吉雅娜的最愛……
悲傷時，他帶來歡樂，
入眠時，他隨侍在側。

■《瑪爾維娜》（Malvina），法國作家科坦夫人（Mme Cottin, 1773-1807）的長篇小說。

■《彼得頌》（Петриада，1812），十九世紀初俄國劇作家兼詩人格魯津采夫（Александр Н. Грузинцев）的長詩，歌頌彼得大帝。本詩在普希金的文學圈裡評價不高，甚至受到恥笑。

■ 瑪蒙泰爾（Jean François Marmontel, 1723-1799），法國百科全書作家暨短篇小說作家。

這個夢讓她坐立難安，
不知該怎麼解釋，
可怕幻影究竟何意，
達吉雅娜有心探究其中意義。
書本簡短的目錄裡，
她按字母排列索驥：
針葉林、杉樹、巫婆與暴風雨，
刺猬、黑暗、小橋、熊與暴風雪，
還有其他。對於解除她心中疑慮，
扎德加也是無能爲力；
但是，這不祥之夢向她預示，
許許多多憂傷的遭遇。
之後的幾個日子裡，
她是惶惶不可終日。

這時，從清晨的山谷，
朝霞探出嫣紅的手，■
把燦爛的太陽帶在身後，
也帶來慶祝命名日的歡欣。■
拉林家一早便賀客盈門，
左右鄰居莫不闔家光臨。
帶篷雪橇、帶篷馬車、輕便馬車，
還有無篷雪橇，紛紛來自鄰村。
前廳，人群嚷嚷，一片慌亂；
客廳，初識者握手寒暄，
狗叫汪汪聲，少女親吻唧唧聲，
喧嘩聲、哄笑聲，人潮蜂擁門檻邊，
客人鞠躬致意，男子鞋跟互碰作響，■
孩子們哭鬧，奶娘們喊叫。

■ 按東正教習俗，俄國人以聖徒之名命名，並以教會認定之該聖徒的生日作為自己的命名日（именины），每年慶祝一次。

■「男子鞋跟互碰作響」是當時俄國男子的習俗，尤其是軍人，在見面時互相以鞋跟輕碰作響，表示問候或歡迎之意。

肥頭肥腦的普斯嘉科夫
帶著壯碩的妻子上門；
還有格沃茲金，出色的地主，
擁有眾多的貧苦農奴；
滿頭灰白的斯科季寧夫妻
帶來大大小小的子女，
從兩歲起，到三十歲止；
佩圖什科夫，本縣的花花公子；
布雅諾夫，我的堂兄弟，
身穿細絨襖，頭戴鴨舌帽
(此人你們當然已經熟悉)；
以及弗里雅諾夫，退職的參事，
一個老騙子，喜愛造謠生事，
又受賄，又貪吃，
卻以逗樂眾人爲能事。

本節賓客的姓氏皆具喜劇效果：普斯嘉科夫（Пустяков）表示「芝麻綠豆般的小事」（пустяк）；格沃茲金（Гвоздин）是「鐵釘」（гвоздь）；斯科季寧（Скотинин）是「牲畜」（скотина）；佩圖什科夫（Петушков）是「小公雞」（петушок）；布雅諾夫（Буянов）是「暴徒」（буян）；弗里雅諾夫（Флянов）則是「一瓶酒」（флян）。

隨同潘菲爾・哈爾利科夫一家人，
法國先生特里克一道光臨，
他剛來自坦波夫，愛說俏皮話，
臉戴眼鏡，頭戴火紅假髮。
特里克眞是道地的法國人，
特地給達吉雅娜獻上一曲，
曲調孩子們都熟悉：
「醒醒吧，沉睡的美女」。
這首歌刊印在一本歌集，
埋沒在一堆老掉牙的歌曲裡；
特里克眞是機靈的詩人，
從舊紙堆挖出而公諸世人，
並大膽地刪掉「美麗的尼娜」，
改寫成「美麗的達吉雅娜」。■

■本節中的「醒醒吧，沉睡的美女」、「美麗的尼娜」、「美麗的達吉雅娜」都是以法文書寫。

1 瞧瞧，從鄰近的市鎮
來了熟女們的偶像，
也是本縣媽媽們的歡樂，
此人正是部隊的連長；
5 一踏進門……呵，多好的消息！
今日還會有部隊的樂團！
還是團長本人傳下指令。
會有舞會，多讓人開心！
9 年輕小姐不禁已先手足舞蹈；
不過，這時開飯時間已到。
眾人一對對手挽手入席。
小姐們與達吉雅娜擠在一起；
13 男士們在對面；賓客往胸口畫十，
紛紛落座，嗐嗐嘰嘰。

5：29

有個瞬間，賓客停止交談；
嘴巴忙著嚼動。一陣叮叮噹噹，
碗盤刀叉撞擊在四方，
還有杯觥交錯的聲響。
旋即，客人恢復談笑，
一片喧嘩與吵鬧，
無人聆聽，只有自顧自地叫囂，
有人哄笑，有人爭辯，有人尖叫。
突然，大門打開，走進連斯基，
奧涅金跟著在後頭。「呵，我的上帝！」
女主人叫道：「來了呀，終於！」
眾人忙往兩邊擠，
挪動杯盤與座椅，
呼叫兩人快入席。

兩人落坐達吉雅娜對面，
她臉發白，勝過清晨的月亮，
她心噗通，超過被追逐的小鹿，
她不敢抬起黯淡的雙眼：
熱情火焰熊熊地燃燒在胸膛；
她感到窒息，感到頭暈；
兩位朋友問候，她聽不見，
只見淚珠滾動在眼眶；
隨即就要往下滴，
可憐的人兒即將暈眩倒地，
沒想她依靠意志與理智，
終究把持住自己。
從牙縫輕聲擠出話兩句，
她勉強支撐在座椅。

悲劇性與神經質的場面，
女孩的昏厥與眼淚，
奧涅金早已無法容忍：
對此他感到無比厭煩。
沒料會撞上這場盛宴，
這位怪人原已憤懣，
見到姑娘的悸動與哀怨，
他更是垂下目光，
滿臉慍色，忿恨難平，
發誓要找機會氣氣連斯基，
以消消心頭的怨氣。
當下，暫且慶祝一番，
同時，一一描繪在內心
張張賓客的嘴臉。

當然，並非只有奧涅金
瞧出達吉雅娜的困窘；
但是，全場的目光與言談
都交集在肥滋滋的餡餅
（不幸的是，餡餅做得太鹹）；
這時，在烤肉與杏仁奶酪之間，
又端上齊姆良葡萄酒，■
瓶口還用樹脂密封；
接著，一排酒杯，細長高腳，
宛如妳細細的柳腰，
吉吉呀，我靈魂的珍寶，■
我拿純情的詩篇把妳歌頌，
妳，是裝滿愛情的誘人酒杯，
妳，那時總是讓我陶然沉醉！

■ 齊姆良葡萄酒（цимлянское），俄國一種起泡沫的葡萄酒，以頓河地區羅斯托夫省的哥薩克人市鎮齊姆良斯克（станица Цимлянская，今名Цимлянск）為名。

■ 吉吉（Зизи），指的是葉芙波拉克西雅・伍爾芙（ЕвпраксияН. Вульф, 1809-1883）。普希金曾以詩歌《如果生活欺騙了你》（1825）獻給她。普希金於一八二四年被沙皇軟禁於父母領地米哈伊洛夫斯科耶（Михайловское）期間，曾與家住附近的伍爾芙小姐有過交往。一八二九年，兩人又曾短暫陷入戀愛。

5 : 33

酒瓶脫離濕潤的瓶塞，
「砰！」地發出爆響；
美酒嗞嗞地冒泡；
這時，特里克昂首挺胸，
霍然立起，
他早已急著要獻上一曲，
頓時，席上鴉雀無聲。
達吉雅娜幾乎要昏厥；
特里克面向她，手持歌詞，
荒腔走板地高聲唱起。
眾人以掌聲、吶喊向他致意。
她不得不欠身向歌者表示謝意；
詩人雖偉大，也得表示謙卑，
搶先祝她健康並舉杯，
還獻上歌詞以茲紀念。

賓客紛紛祝賀與致意，
達吉雅娜向眾人表達謝意。
現在輪到葉甫蓋尼，
只見少女慵懶無力，
一臉困窘與疲憊，
激起他內心的憐惜；
他默默地向她鞠躬敬禮，
不知怎地，他眼神溫柔得出奇。
什麼道理，是心有所感的眞意，
還是故作多情的逢場作戲，
是情不自禁的舉止，
還是表示友善的特意？
然而，眼神透露柔情蜜意：
讓達吉雅娜的心靈恢復生氣。

5：35

傳來椅子挪動的轟鳴，
眾人紛紛湧向客廳，
像蜂群飛離甜蜜的蜂房，
嗡嗡地湧向田間。
芳鄰享用了命名日的宴席，
酒足飯飽地面對面喘息；
太太們圍坐壁爐邊；
姑娘們在屋角低聲輕談；
綠色牌桌一字排開；
老人家喜愛的波士頓與龍勃勒，■
還有至今仍廣爲流傳的惠斯特，
把躍躍欲試的牌迷來召喚，
這些玩意都是一家人，
是窮極無聊的產物。

■波士頓（бостон）、龍勃勒（ломбер），以及後面的惠斯特（вист）都是撲克牌賭局的不同玩法。

惠斯特牌已玩過八局，
牌友座位也換過八回；
轉眼就要奉上茶水。
我確定每日的時辰，
根據午餐、喝茶與晚餐。
在鄉村要知道時間，
根本不用麻煩！
胃腸是我們可靠的時鐘；
在此我得順便表明，
在我詩篇的字裡行間，
我屢屢提及宴席，
談到美酒與飲食，
就像你啊，我神聖的荷馬，
你，是我們三千年來的偶像！

哪知，茶點端上，姑娘家矜持地
剛把茶碟拿在手裡，
突然，門外長廊裡
巴松管與長笛悠然響起。
音樂的轟鳴讓佩圖什科夫雀躍不已，
這位享譽周圍城鎮的帕里斯■
寧願放下添加蘭姆酒的濃茶，
大步向前，邀請奧麗佳，
連斯基走向達吉雅娜；
待字閨中已久的哈爾利科娃
讓坦波夫詩人邀走，
布雅諾夫把普斯嘉科娃拉走，
眾人湧入大廳。
賓客翩翩起舞，光彩奪目。

■帕里斯（Парис），荷馬史詩《伊利昂紀》中拐走海倫的特洛伊王子。

5 : 40

在本小說的開端
（請參閱第一章）
我原想採用阿爾巴尼的風格，
把彼得堡的舞會描繪一番；
豈知，我只顧胡思亂想，
沉湎於往日的舊夢，
回想熟識仕女們的纖纖玉足。
追隨妳們纖細的足跡，
我迷失在那些玉足裡！
青春已讓我背棄，
如今的我不該再痴迷，
處事與作詩都該迷途知返，
並在第五章故事裡
不再偏離主題。

宛如年輕生命的旋風，
單調乏味，又像發瘋，
華爾滋旋風在喧囂中飛轉，
一對對男女閃動在眼前。
報仇的時機已逼近，
暗自偷笑的奧涅金
大步走向奧麗佳。
旋即與她飛舞在賓客間，
舞罷，招呼她落坐在桌旁，
兩人天南地北無所不談；
三兩分鐘才過去，
又翩翩跳起華爾滋，
在場賓客莫不大感吃驚，
連斯基也不相信自己的眼睛。

5：42

此時，傳來瑪祖卡舞曲。
過去，當瑪祖卡舞轟然響起，
大廳裡都會天搖地動，
拼花地板在鞋跟下噼啪作響，
玻璃窗哆嗦地鏗鏘顫動；
如今卻大不同：
我們像淑女一樣，
在光亮的地板上輕輕滑動。
可是，不管是城市，還是鄉村，
瑪祖卡舞昔日的風采依然保存：
捻鬍鬚、單腳跳、踢鞋跟，
一切還是沒兩樣。
狂飆的時髦是暴君，
也是新時代俄國人的毛病——
卻無法將它們加以改變。

布雅諾夫，我熱情的哥們，
把達吉雅娜與奧麗佳倆
帶到主人翁跟前；
奧涅金又隨手帶走奧麗佳；
滿不在乎地拉著她翩然起舞，
並俯身對她溫柔地細語，
輕聲說些庸俗的奉承話，
還捏捏她的小手——
讓她愛慕虛榮的臉頰
燃燒起鮮豔的紅霞。
連斯基一切都看在眼裡：
他怒火中燒，不能自己；
詩人滿腹的憤怒與妒忌，
等到瑪祖卡舞終止，
便招呼她同跳科蒂榮舞曲。■

■科蒂榮舞（Котильон），兩兩對跳的八人舞，源自法國，是結合華爾滋舞、瑪祖卡舞、波爾卡舞的一種交際舞。

哪知，她卻不能奉陪。
不能？什麼道理？
原來奧麗佳已答應了奧涅金。
噢，上帝，我的上帝！
他聽到什麼話？她竟然……
可能嗎？她還乳臭未乾，
輕浮的黃毛丫頭，竟然賣弄風情！
她已經知道玩弄花招，
已經學會翻臉無情！
連斯基無法忍受這種打擊；
他詛咒女人的任性，
走出大門，要來馬兒，
便飛馳而去。子彈兩顆，
手槍一對——不用費事——
他的命運剎那間便能了決。

6

在那烏雲密佈、白晝短促的地方，
生長著不以死爲苦的部落。
——佩脫拉克

■原文為義大利文。

6 : 1

發現連斯基已然離去，
奧涅金又覺無趣，
在奧麗佳身旁卻陷入沉思，
對自己的報復大感得意。
奧麗佳也跟著打起呵欠，
搜尋連斯基，轉動著兩隻眼，
科蒂榮舞跳個不停，
讓她喘不過氣，像個夢魘。
舞會終於結束，接著晚餐。
床鋪爲客人準備妥當；
就寢的地方從門廊
延伸到使女的廂房。
安心入夢是大家需要，
唯有奧涅金回家睡覺。

6 : 2

一切都安然入夢。
客廳傳來胖子普斯嘉科夫打呼聲，
身旁有他那肥胖的老伴。
布雅諾夫、佩圖什科夫、格沃茲金，
還有不太健康的弗里雅諾夫，
拿椅子當床，睡在餐廳。
睡在地板是特里克先生，
他頭帶尖頂帽，身穿絨背心。
在達吉雅娜與奧麗佳的臥房，
一群姑娘都已墜入夢鄉，
唯獨達吉雅娜未能安眠，
一人憂鬱地佇立在窗前，
沉浸於黛安娜的光亮，■
眺望著漆黑的原野。

■黛安娜（Диана），羅馬神話裡的月亮女神。

他出人意表地到訪，
雙眼瞬間透露著柔情，
對待奧麗佳行徑古怪，
這一切滲透她心靈；
怎麼也無法把他看明白，
哀怨與醋意洶湧而來，
好似一隻冰冷的手
緊緊按壓在心頭，
又似萬丈深淵在腳下，
漆黑一片，喧囂吵鬧……
「我會毀滅，」達吉雅娜說道，
「但是，爲他毀滅我甘願。
我不抱怨：又何必抱怨？
給我幸福，他絕無可能。」

6：4

繼續吧，讓我把故事繼續講！
新的人物正把我們呼喚。
離連斯基的村莊——紅山
大約有五俄里遠的地方，
在那充滿哲思的荒原，
住著一位人物扎列茨基，
此人至今仍健在，曾經是無賴，
是賭徒的頭目，並帶頭花天酒地，
喜歡在酒館放言高論，
如今則是安善良民，
是孤家寡人的一家之主，
可靠的朋友，溫和的地主，
甚至是正直的人物：
我們的時代眞的在進步。

過去，社交界對他一片吹捧，
大肆頌揚他的剽悍與英勇：
的確，瞄準五俄丈外的紅心，■
他的手槍是百發百中。

說真的，有回在戰場，
他衝殺的正起勁，氣勢非凡
英勇地從卡爾梅克戰馬上，
像個醉漢摔入泥沼，

淪為法軍的俘虜：
真是寶貴的抵押品！
新時代的雷古盧斯，榮譽之神，■
他寧願再度成為階下囚，

只要每早能上維拉的飯館，■
賒個帳，喝上三瓶的好酒。

■俄丈（сажень），舊俄長度單位，一俄丈等於二點一三四公尺。

■雷古盧斯（Marcus Atilius Regulus, ?-250 B.C.），古羅馬名將，與迦太基交戰被俘。迦太基派他出使羅馬談判，但要求他承諾不得逃跑。雷古盧斯完成使命後，遵守承諾，重回迦太基續當俘虜。

6：6

過去，他以取笑人爲樂事，
他能把傻子耍得團團轉，
也能把聰明人巧妙地玩弄，
不論是偷偷摸摸，還是明目張膽，
雖然有些把戲不靈光，
少不得給他帶來麻煩，
雖然他有時也吃虧上當，
像個傻裡傻氣的大笨蛋。
他會興致勃勃與人爭辯，
答起話來有時機智，有時愚蠢，
有時，精打細算地三緘其口，
有時，精打細算地鬥嘴抬槓，
他能挑撥年輕人唇槍舌戰，
也能唆使他們拔刀相向。

或者迫使他們握手言和，
以便三人來個大吃大喝。
然後背地編排笑料與謊言，
把他們貶低得不值一文錢。
年華老去！那豪俠般行徑■
（宛如一場遊戲，一場春夢）
跟隨奔放青春一去不復返。
如前所述，我這位扎列茨基
隱居於濃密的洋槐與稠李，
終於躲過人生的風風雨雨，
過得有如眞正的有智之士，
也像古羅馬的賀拉斯，
種種白菜，養養一群鴨與鵝，
也教孩子們讀讀書、寫寫字。

■原文為拉丁文。

6：8

他不愚蠢；而我們奧涅金
雖然不尊敬他的爲人，
卻欣賞他見解的精闢
與論斷事理的能力。
奧涅金見到他總是很樂意，
因此，他今天一點不感訝異，
雖然還是一大清早，
就發現客人已經來到。
來客寒暄幾句，
便不再多所言語，
他望望奧涅金，眼露笑意，
遞交給他詩人的便箋。
奧涅金走到窗前，
默默讀完這張便箋。

這是又客套、又高雅、
又簡短的挑戰信，或者叫戰書，
連斯基要求朋友決鬥，
措辭謙恭、冰冷卻清楚。
奧涅金毫不猶豫，
轉身面對來使，
二話不說地答道，
他隨時恭候指教。
扎列茨基站起，不作解釋，
表示家裡還有很多事，
無意久留此地，
隨即告辭離去；
奧涅金單獨面對自己，
內心對自己所爲無法滿意。

6 : 10

自作孽啊！他嚴厲反省，
內心進行自我審判，
對自己多所責難：
首先，他眞是不應該，
昨夜舉止太輕率，
竟拿羞怯、溫柔的愛情當遊戲。
其次，就算那詩人幹傻事，
他才十八歲的年紀，
什麼事不能寬恕。
奧涅金衷心喜愛這年輕人，
不該受偏見所玩弄，
不該像個火爆的小伙，
不該像個好戰的鬥士，
應該做個男子漢，知情又達理。

6 : 11

他可以眞情流露，
卻不該毛髮直豎，像隻野獸；
他應該讓年輕人卸除心防。
「然而，現在爲時已晚，
時機已逝……更何況，」
他心想，「還有個老江湖
蹚入這灘渾水；
此人來勢洶洶，多事又愛嚼舌根……
當然，他的閒話只爲博君一笑，
大可用輕蔑給予回報，
倒是那幫蠢貨的閒言與嘲笑……」
這就是所謂社會的輿論！
榮譽的動力，吾人的標竿！
世界就是靠著它運轉！

6 : 12

詩人心中的仇恨沸騰，
焦急難耐地等候回音；
這時能言善道的鄰人
得意洋洋地帶來口信。
對妒漢這簡直是喜事臨門！
他一直擔心惡棍會耍花槍，
用三兩句笑話敷衍一番，
靠陰謀詭計矇混過關，
讓自己胸口躲過一槍。
現在疑慮盡消，
磨坊會面就在明日拂曉，
他們都必須準時趕到，
扣起扳機，怒目相向，
瞄準對方的大腿或鬢角。

6 : 13

對用情不專的姑娘滿懷怨氣，
憤恨難消的連斯基原來無意
在決鬥前與奧麗佳會面，
這時，瞅瞅手錶，瞧瞧陽光，
最後，把手一攤——
居然又來到鄰居門前。
他原想讓奧麗佳難堪，
以爲她會因此感到驚慌；
豈知不然：如同往常，
奧麗佳從台階一跳而下，
迎接我們這位可憐的詩人，
她宛如飄忽的希望，
活潑、快樂，不知愁滋味，
還是跟從前沒兩樣。

6：14

「為何昨晚這麼早離去？」
這是奧麗佳一見面的問題。
連斯基百感交集，
把頭垂下，默然不語。
面對明亮的眼神，
面對溫柔的單純，
面對活潑的靈魂，
醋意與懊惱頓時消失無影！……
他凝視，感到滿腹的柔情蜜意；
他看出，他仍是她的最愛；
他感覺懊悔與痛苦，
他想要懇求她的寬恕，
他悸動，找不到適當的話語，
他幸福，心中幾乎毫無怨氣……

連斯基再度陷入沉思與憂鬱，
面對心愛的奧麗佳，
他感覺軟弱無力，
不敢把昨天的事對她提起；
他暗想：「我要做她的救星。
絕不容許那風流浪子
用嘆息與奉承的熱火，
把一個年輕的心靈誘惑；
不讓卑鄙、惡毒的淫蟲
啃噬百合的花梗；
不讓小花才剛綻放兩個早晨，
還來不及怒放，便已凋零。」
朋友，這一切都已說明：
與好友決鬥，我是勢在必行。

6 : 18

要是連斯基知道就好，
怎樣的創傷燒灼著達吉雅娜的心！
要是達吉雅娜知道就好，
要是她知道就好，
明日，連斯基與奧涅金
要爲進入墳墓之門而鬥爭；
唉，或許她的愛
能讓兩個朋友握手和好！
可惜，她的熱情偏不巧
沒有人能夠知曉。
奧涅金什麼話都不吭；
達吉雅娜則是暗自傷心；
唯有奶娘有可能得知，
唉，但她如此不解人意。

連斯基整晚心神不定，
忽而沉默不語，忽而雀躍不已；
繆斯女神眷顧的人豈非都如此：
他雙眉鎖緊，
落坐鋼琴前，
彈弄的都是同一組和弦，
偶而，他瞧著奧麗佳，全神貫注，
輕聲說道：不是嗎？我很幸福。
然而，天色已晚，也該離去。
他一顆心緊縮，滿腹悲戚；
當他與年輕姑娘道別，
感覺心痛欲裂。
少女凝視他的面龐。
「怎麼啦？」「沒事。」他走出門廊。

6：20

回到家裡，他把槍枝
一一檢視，再放回槍盒裡，
脫去外衣，在閃動的燭光裡，
展閱席勒的詩集；
然而，心中的懸念揮之不去；
哀愁的心靈不得歇息；
奧麗佳的倩影浮現眼裡，
難以形容是她的美麗。
連斯基闔上詩集，拿起鵝毛筆，
筆下的詩句
滿載著愛情的囈語，
既朗朗上口，又洋洋灑灑，
他高聲吟誦，趁著詩興大發，
就像宴會上酒醉的傑爾維格。■

■傑爾維格（А. А. Дельвиг, 1798-1831），俄國詩人，是普希金在沙皇村學校的同學，也是終生好友。

6 : 21

這首詩保存至今是偶然。
就在我手邊，以下是內容：
「你遠去何方，究竟去何方？
我那青春歲月有如黃金般。
明日等待著我的是什麼？
我尋尋覓覓的目光是枉然，
它隱身在沉沉的黑暗。
不用找，命運的法則是公正。
我將利箭穿心地殞落，
或是利箭從身旁掠過，
其實，二者皆好：不論是醒是睡，
命定的時刻終將來到；
紛擾的白晝固然美好，
低垂的黑夜依然美妙！

「明晨依然霞光萬丈，
白日依然晴朗燦爛；
而我——或許，將雙腳踩進
墳墓神祕的陰影，
緩緩的勒忒河將吞噬
人們對我年輕詩人的記憶，
世界將把我忘記；
而妳會來嗎，美麗的少女，
在英年早逝者的骨灰罈灑下清淚幾滴，
並且想到：此人曾經把我愛過，
曾經對我一人奉獻過
風暴般生命慘澹的晨曦！……
心中的知己，親愛的少女，
來吧，來吧：我是妳的伴侶！……」

6 : 23

他文筆如此陰暗與萎靡，
（我們管這叫浪漫主義，
雖然在此我不見浪漫幾許，
但這干我們何事？）
終於，拂曉來臨之前，
寫到理想這個時髦的字眼，
連斯基疲累得把頭低垂，
靜靜地打起瞌睡；
哪知他好夢方酣，
睡得不省人事，卻來了鄰人，
已經闖入靜悄悄的書房，
大聲嚷嚷地把他叫醒：
「該起床啦：已經是七點，
奧涅金想必等待在那邊。」

6：24

但是，他錯了：奧涅金
此時還沉睡在夢境。
黑夜暗影漸漸退去，
送走金星的是公雞的歡啼；
奧涅金美夢正酣。
太陽已高高地滾動，
風雪在空中陣陣飄過，
飛舞盤旋，閃閃爍爍，
奧涅金仍然高臥在床，
美夢仍然在頭頂飛翔。
他終於從夢中甦醒，
伸手拉開兩邊的帷幔；
瞧了瞧——發現天色不早，
動身時刻早已來到。

6：25

他急忙按鈴。法國僕人
基洛跑到他跟前，
拿來便鞋與長衫，
並把襯衣給遞上。
奧涅金匆匆換上衣裝，
吩咐僕人準備動身，
隨同他乘車出門，
並把槍盒隨身帶上。
輕便雪橇準備妥當。
他登上雪橇，往磨坊飛奔。
飛快抵達。他吩咐僕人
帶上那要命的列帕薩手槍，
跟在他後頭，而拉車的馬
拴往野外的兩棵橡樹。

連斯基斜身倚靠在壩堤，
早已等得不耐煩；
此時，我們鄉裡的機械匠
扎列茨基抱怨著他的磨盤。
奧涅金走上前來，表示歉意。
「天啊，在哪裡，你的證人在哪裡？」
扎列茨基問道，一臉詫異。
決鬥上他是古典派的學究，
喜歡講究正規的程序，
要是有人馬虎行事，
他絕對不能允許，
嚴格要求藝術的規矩，
一切遵守古代的體制。
（憑這點，他值得吾人讚譽）。

「我的證人？」奧涅金說道，
「就是他，我的友人，基洛先生。
我邀請他爲我作證，
想來你不會有異議：
雖然他沒沒無名，
卻是誠信可靠的好人。」
扎列茨基咬咬嘴唇。
奧涅金向連斯基問道：
「怎樣，開始嗎？」「開始吧，請。」
連斯基說罷，兩人走往磨坊後面。
在田野的遠方，
扎列茨基與誠信可靠的好人
進行著重要的談判，
仇敵兩人對立，低垂著眼神。

仇敵！誓不兩立，好似有血海深仇，
曾幾何時他們豈非是好友？
曾幾何時兩人共同休憩，共同進餐，
芝麻綠豆的小事，驚天動地的思想，
兩人豈非和睦地分享？
如今兩人怒目相向，
宛如不共戴天的世仇，
宛如身陷恐怖難解的惡夢，
雙方無聲又無情，
爲對方構築毀滅的陷阱……
其實，趁著雙手鮮血未染，
豈不該哈哈一笑，握手言歡，
然後，心平氣和地各奔西東？
荒唐的是，上流社會一旦反目，
都會害怕顏面掛不住。

6 : 29

這時，雙方手槍閃閃發亮，
榔頭敲著裝藥桿鏗鏗作響。
子彈填入擦得亮亮的槍膛，
扳機第一次喀嚓扣上。
水流似的灰沉沉火藥
注入槍膛裡的火藥槽。
齒狀的火石再次緊擰。
基洛顯得心神不寧，
呆立在近處樹樁的後面。
兩位仇敵各自拋下披風。
扎列茨基精確無誤，
丈量距離三十二步，
把兩位舊友帶到兩旁，
要他們各自拿起手槍。

「現在往前走吧！」
兩位仇敵尚未舉槍瞄準，
但卻神色冷酷，
默默地踩著堅定的腳步，
不急不徐地向前跨出四步——
這是走向死亡的四步，
這時的奧涅金並未停下腳步，
首先把手槍舉起。
再往前踏出五步，
於是，連斯基也瞇起左眼，
並且把槍枝瞄準——
但是，這瞬間，奧涅金槍響……
命運的鐘聲也敲響：
詩人無言，滑落手中的手槍。

6：31

他的手輕輕把胸口捂住，
翻身倒地，眼神籠罩著一層霧，
其中描繪的是死亡，不是痛苦。
好似沿著斜斜山坡，
一團雪球緩緩滾落，
映著陽光閃閃爍爍。
奧涅金瞬間渾身發冷，
急忙奔向年輕詩人，
瞧著他，呼喚他…終歸枉然…
他已溘然長逝。
年輕詩人英年早逝！
風暴驟起，一株豔麗的花蕊
竟然在晨曦中凋萎，
神壇上的蠟炬化成灰！……

他躺著一動不動，
額頭奇異地透露疲憊的平靜。
胸膛讓子彈打穿；
傷口冒著熱氣，鮮血流淌。
才在瞬間之前，
這顆心還跳動著靈感，
跳動著仇恨，跳動著愛情與希望，
生命在奔放，熱血在沸騰——
如今，像一座空蕩蕩的屋宇，
有的是幽暗與死寂；
這顆心將永遠沉寂，
玻璃窗漆白粉，百葉窗已關閉，
從此主人缺席。
人呢？天知道，杳無消息。

歡喜的是，用尖酸的俏皮話語，
讓粗心的仇人暴跳不已；
歡喜的是，管他頑固如鐵石，
也要見他把好鬥的犄角垂低，

還要讓他拿鏡子照自己，
羞於承認鏡中的是自己；
更歡喜的是，朋友們，如果
他愚蠢地高喊：這正是我！

尤其歡喜的是，保持緘默，
卻風光地爲他把棺材備妥，
悄悄地瞄準他蒼白的額頭，
在一段高貴的距離裡頭；

然而，把他送到列祖列宗那裡，
你未必感覺歡喜。

6 : 34

作何感想，要是年輕的友人
在你一槍之下斃命，
只爲他酒後失言，
用挑釁的回答或眼神，
或其他小事讓你感到憤恨，
甚至由於一時的激憤，
他倨傲地向你挑戰叫陣？
告訴我：怎樣的情感
盤據著你的內心，
當他靜靜躺在你眼前，
當他倒臥地面，臉上寫著死亡，
身軀逐漸僵硬，
當他對你絕望的呼喊，
既聽不見又沉默無言。

葉甫蓋尼手裡緊握著槍枝，
雙眼凝視著連斯基，
良心感到煎熬與譴責。
「喂，怎樣？打死了。」鄰人宣判。
打死了！……這聲恐怖叫喊
讓奧涅金心驚膽戰，
他哆嗦著跑去叫人。
扎列茨基小心翼翼
把冰冷的屍體搬上雪橇裡；
他得把這早逝的英靈運回去。
馬聞到死者，哼哧發出鼻息，
焦躁地踢動著馬蹄，
口吐白沫，濡濕鐵鑄馬嚼子，
接著，箭矢般飛馳而去。

我的朋友，你們哀悼詩人：
他青春年華，歡樂與希望
還來得及實現在人間，
才剛蛻去少男的衣裝，
猝然凋萎！火熱激情安在？
高貴志趣何在？
年輕、崇高、溫柔與豪邁，
如此的感情與思想安在？
風暴般對愛的期盼，
對知識與勞動的渴望，
對罪惡與恥辱的恐慌，
隱密的幻想，離塵的幻影，
還有你們，神聖詩情的夢境，
你們啊，而今安在！

或許，他出生是爲世人的福祉，
或許，只爲博取個人的美名，
他的豎琴本該鏗鏘傳頌，
樂聲繚繞不絕數百年，
豈知，如今默然無聲。
或許，在社會的階層
詩人本將屬於最高層。
或許，他命運多舛的影子
隨手帶走神聖的奧祕，
鼓動人心的聲音，
對於我們就此沉寂，
時代的稱頌，族群的贊許，
阻隔著一層葬身之地，
傳遞不到他的耳際。

或許，是另一種可能：
詩人的命運原該歸於平凡，
去匆匆是青春的年華：
冷冰冰是心靈的火花。
他可能發生很多變化，
揮別繆斯，結婚成家，
縱然幸福快樂，難免頭戴綠帽，
家住鄉下，身穿錦繡長袍；
終於，明白人生的道理，
豈知，痛風病發，人生已到四十，
吃喝、發福、衰老、唉聲嘆息，
到頭來在床上嚥下最後一口氣，
身側庸醫與兒孫站立，
還有婆婆媽媽在哭啼。

然而，讀者啊，一切都是空，
唉，多情的種子，年輕的詩人，
這位喜歡沉思的夢想家
已然喪命好友的手下！
有個地方：村莊左邊，
是孕育詩人靈感的故鄉，
盤根交錯著兩株青松，
青松底下，清泉蜿蜒，
它來自鄰近的峽谷之間。
那兒，庄稼人喜愛去休憩，
還有，割麥的農婦叮咚地
把水罐浸入水波裡；
那兒，清泉之旁的濃蔭裡，
有一塊不起眼的墓碑豎立。

墓碑前（每當春天的雨露
滴落在田間的穀物，）
一位牧人嘴裡唱著伏爾加漁歌，
手裡編製著雜色的樹皮鞋；
有個年輕的城市女子，
來到鄉間，消磨炎炎夏日，
一人單騎，風馳電掣，
飛奔在田野，
驀然，在墓前勒馬，
把繮繩使勁地拉，
順手掀起帽前的面紗，
掃視著眼前的墓碑，
不起眼的碑文讓淚水
模糊了她溫柔的雙眸。

6：42

於是，她在曠野放馬緩步而行，
全然沉浸在天馬行空的幻想；
久久不能自己，一顆心
滿滿都是連斯基的命運；
並暗自忖道：「奧麗佳後來怎樣？
她內心是否長期受苦，
亦或淚水早已不再流？
她的姊姊如今在何處？
至於，這位離群索居、遁跡江湖、
時髦美女的時髦世仇，
陰陽怪氣的人物，
殺害年輕詩人的兇手，又在何處？」
時候一到，我自會把一切
詳細地爲你交待清楚。

不過，不是現在。雖然，我是眞心
喜愛故事的主人翁，
雖然，我終究會與他再相逢，
此刻談他卻沒有心情。
時代偏愛嚴肅的散文，
時代不喜戲謔的韻文，
而我——只能嘆息，老實承認——
疏懶成性，不願追逐畫意與詩情。
我的筆沒有當年的閒情，
不願糟蹋一頁頁的紙張。
另外，還有冷酷的幻想，
另外，還有嚴峻的憂患，
騷擾我心靈深處的夢想，
不論身在塵囂，還是幽靜。

我領略另些願望的呼喚，
我領略新的憂傷；
對於新的願望，我不存希望，
對於舊的願望，我滿懷惆悵。
幻想啊，幻想！何處是妳的蜜糖？
何處是屬於妳的永恆詩意與青春？
難道青春的花冠終於凋零？
難道凋零已成眞？
難道這是事實，也是現實，
未曾留下奇思妙想的哀詩，
生命的春天便已匆匆飛逝？
（之前這只是我的遊戲之語）
難道她從此一去不回？
難道我生命已近三十？

如此，我已步入中年，
我知道，我必須承認。
這樣吧！讓我們平和地道別，
呵，我意氣風發的青春歲月！
感謝妳賜予我的歡愉，
賜予我的憂傷與苦痛的甜蜜，
賜予我的喧鬧、風暴與宴席，
這一切的一切都是妳的贈禮；
感謝妳！都是因爲妳，
不論是驚恐中，還是寧靜裡，
我都歡喜……還是全心全意；
足夠了！懷著明鏡般的情緒，
踏上新的人生之旅，
遠離往日的生活，得以休憩。

再次回首！別了，遠處綠蔭，
那兒，我的歲月流逝在密林，
滿身慵懶，滿腔激情，
滿懷沉思心靈的夢幻。
而妳，年輕的靈感，
請妳掀動我想像的波瀾，
從渾沌中喚醒我的心靈，
請常光臨我的棲身之地，
別讓詩人之心失去熱力，
變得冷酷，變得無情無義，
最後，化爲一塊頑石，
這塵世醉生夢死的幸福，
這無底的漩渦，親愛的朋友，
你我在其中沉沉浮浮！

7

莫斯科啊，俄羅斯的掌上明珠，
與妳匹敵的城市何處尋？
——德米特里耶夫

怎能不愛上莫斯科故鄉？
——巴拉登斯基

嫌棄莫斯科！表示見過世面！
那更好的地方何處有？
只要是沒有你我的地方。
——格里鮑耶朵夫

■ 德米特里耶夫（Иван Иванович Дмитриев, 1760-1837），俄國詩人，寓言作家，感傷主義代表人物之一。本詩句引用自他的詩歌《解放莫斯科》（Освобождение Москвы, 1795）。

■ 本詩句引用自俄國詩人巴拉登斯基（Евгений А. Баратынский, 1800-1844）的作品《盛宴》（Пиры, 1821）。

■ 本段詩句引用自俄國著名劇作家格里鮑耶朵夫（Александр С. Грибоедов, 1795-1829）的四幕詩體喜劇《聰明誤》（Горе от ума, 1824）

春光從四周的山巒
把冬雪往山下驅趕，
化作股股渾沌的溪澗，
匯集在春水氾濫的牧場。
大自然展現明朗的笑容，
迎接一年之晨，睡眼朦朧；
藍瑩瑩的天空，耀眼輝煌。
還有，樹林澄靜透亮，
綠意盎然，好似羽絨。
蜜蜂飛出蠟製的禪房，
接收田野的進貢。
山谷恢復乾爽，繽紛燦爛；
一群群的牲畜在田野喧嚷，
夜鶯在月夜的靜謐中歡唱。

妳的降臨讓我好生惆悵，
戀愛的季節！春天啊，春天！
是怎樣慵懶的波浪
激盪我的熱血，激盪我的胸膛！
心中的感動是沉重，
當領略拂面的清風，
當享受蕩漾的春光，
在鄉間靜謐的懷抱中！
或者這種樂趣與我無緣，
所有讓人快樂、讓人振奮，
所有讓人歡騰、讓人光榮，
一切帶給我早已枯槁的靈魂
只有惆悵，只有惶恐，
一切讓他感到黯淡無光。

或者，眼見秋天的落葉再回枝頭，
耳聽樹林裡重現鳥聲啾啾，
我們的喜悅並未再上心頭，
我們猶記去年落葉的哀愁；
或者，眼見大自然的甦醒，
我們感到惶恐與心驚，
不禁想起歲月的凋零，
青春一去，豈能復返？
或許，我們腦海油然浮現
一幅詩情畫意的夢鄉，
某個往日的春天，
幻想把我們帶到遙遠的地方，
他鄉的明月，奇妙的夜晚，
我們的心悸動得怦怦然。

如此大好時節：一群善良的閒人，
伊比鳩魯派的哲人，■
你們，無牽無掛的幸福之人，
你們，列夫申學派的徒孫，■
你們，鄉村裡的普利姆老爺們，■
還有，妳們，多愁善感的夫人，
春天召喚你們到農村，
大好時節！春暖花開好幹活，
大好時節！詩情畫意好郊遊，
還有，多迷人的月夜啊！
到田野去，朋友們！去吧，快去！
物資滿滿裝進你的馬車出門去，
套上你的坐騎或租用驛站馬匹，
從城門關卡浩浩蕩蕩奔馳而去。

■ 伊比鳩魯（Epicurus, 341B.C.-270 B.C.），古希臘著名哲學家，主張人生應遺世孤立，快樂至上。

■ 普利姆（Priam），希臘神話中特洛伊國的最後一位國王，也就是著名的特洛伊戰爭中的特洛伊國王。此處，作者以普利姆暗諷，俄國貴族在鄉村領地的生活宛如國王。

7：5

還有您，我好心好意的讀者，
乘上您國外訂購的馬車，
離開這喧鬧不休的城市——
冬天您多在此尋歡作樂；
陪同我隨心所欲的繆斯，
去聆聽闊葉林沙沙作響，
那兒有條無名小溪，
溪邊村裡曾經有個葉甫蓋尼，
他是閒散、頹廢的隱士，
不久前的冬天還居住此地，
和那位喜愛幻想的年輕女子、
可愛的達吉雅娜比鄰而居，
可是，如今的他已不在這裡……
只留下他憂鬱的足跡。

7 : 6

半圓形環抱的群山間，
我們走向蜿蜒的山澗，
澗水流經青蔥的牧場，
奔向大河，穿越椴樹叢。
那兒，夜鶯是春天的情郎——
夙夜不寐在歌唱；
那兒，野薔薇怒放，
還可聽見潺潺的泉水聲，——
那兒，兩株蒼蒼老松的濃蔭中，
還可看見一塊石碑，
碑文爲來客訴說原委：
「弗拉基米爾·連斯基長眠於此，
他於某年某月，多少年歲時，
英年早逝，像個勇士，
年輕的詩人啊，請你安息！」

曾經，在蒼松低垂的樹枝上，
總見一個神祕的花圈，
迎著清晨的微風，
搖搖盪盪在這儉樸的墳前。
曾經，在傍晚的閒暇時刻，
總見兩位姑娘來到這兒，
月色朦朦，墳前淒淒，
兩人相擁而悲泣。
豈知，如今……
寂寞墳前無人問，
熟悉足跡不再現。
枝頭花圈永不見；
唯見墳前牧人，白髮蒼蒼，
彎著瘦弱身軀，依然吟唱，
編製蒼白的樹皮鞋一雙雙。

嗚呼哀哉，連斯基！
她雖曾憂愁，不久便停止悲泣，
唉！你那青春年華的未婚妻
並未對自己的憂愁有情有義。
另外有人吸引她的注意，
另外有人滿口甜言蜜語
讓她的憂愁麻痺，
槍騎兵讓她意亂情迷，
槍騎兵讓她以心相許……
兩人攜手，站立在神壇前，
她羞答答地戴頂花冠，
低垂著頭，與他肩並肩，
輕垂的眼神，愛火閃閃，
淺淺的笑意浮現在唇間。

7：11

嗚呼哀哉，連斯基！
幽明永隔，長眠於地，
伊人無情的變心，憂鬱的歌者，
這消息是否讓你忿恨難以安息？
或者詩人沉睡在勒忒河，
沉湎於無知無感的安樂，
一切無法攪亂他的歡喜，
世界對他關閉，無聲無息……
如此一般！黃泉路上
忘盡前身事，你我皆然。
仇敵、朋友與情人，
聲息已經邈不可聞，
卻留給繼承人無恥的遺產爭奪戰，
譜成一曲怨氣沖天的大合唱。

7 : 12

於是不久，拉林的家裡
奧麗佳銀鈴般的笑聲從此沉寂。
槍騎兵遵從上蒼旨意，
必須攜眷赴軍團任職。
老夫人一把鼻涕，
一把眼淚，送別愛女，
哭得似乎要奄奄一息，
可是，達吉雅娜無力哭泣；
只見死人般的蒼白
籠罩著她憂鬱的臉龐。
眾人來到家門前，
擠在年輕夫婦的馬車邊，
鬧烘烘地忙亂個不停，
達吉雅娜也出來送行。

7 : 13

似乎透過迷霧，她久久地佇立，
望著他們漸行漸遠而去……
只剩達吉雅娜孤單單一個人！
唉！她多年來的玩伴，
黛綠年華的姊妹，
推心置腹的親人，
讓命運帶到遙遠的他鄉，
從此兩人永遠地各據一方。
她無目地漫遊像鬼影般，
有時望望空蕩蕩的花園……
哪兒都找不到歡暢，
哪兒都找不到安慰，
無以排遣抑鬱的淚水，
她的心兒已破碎。

在痛苦難熬的孤寂中，
激情洶湧，燃燒著她的心，
心兒高聲地吶喊，
吶喊著遠方的奧涅金。
她與他從此不能再相見；
她對他本該心中有仇恨，
仇恨置妹夫於死地的殺人犯；
詩人已死……
竟然，沒有人把他再想起，
未婚妻投入別人的懷抱裡。
對詩人的回憶隨風而逝，
像輕煙消失在蔚藍的天際，
或許，有兩顆心兀自傷悲……
但是，二人傷悲所爲何事？

夜幕低垂，夜色漸黯。
河水靜靜流，甲蟲唧唧叫。
跳罷環舞，人們分道揚鑣。
河流對岸輕煙裊裊，漁火燃燒。
在曠野一片清靜中，
踩著一路銀色的月光，
兀自沉浸於內心的幻想，
達吉雅娜一人久久地遊蕩。
走呀走，突然在眼前
從山丘上看見一棟宅院，
山丘下有座村落與樹林，
亮閃閃的河流上還有座花園。
她凝神眺望——於是，一顆心
更急促、更猛烈，跳動在胸膛。

她心頭慌亂，一時感到猶豫：
「往前走呢，還是回家去？……
他人已不在，我也無人認識……
反正就瞧一眼花園，瞧一眼宅第。」
於是，達吉雅娜往山下走去，
氣喘吁吁，眼神充滿疑慮，
把四周緩緩掃視一遍……
舉步踏進荒蕪的庭院。
一群狗兒又是猛撲，又是咆哮，
她嚇得驚聲尖叫，
家僕的孩子們聽到，
衝出屋外，一邊喊叫，
又踢又打，將狗兒趕跑，
把小姐保護得一切安好。

7 : 17

「可否看看少爺的房子？」
達吉雅娜問道，於是，這群孩子
跑到安娜西雅那裡，
向她討取房門鑰匙；
安娜西雅隨即出現，
當面打開房門，
達吉雅娜走進，屋裡空蕩盪，
不久前這兒住著本書的主人翁。
她東瞧西瞧：有東西遺忘在大廳，
撞球台上休息著一根球桿，
皺巴巴的沙發上一根馬鞭。
達吉雅娜邊走邊看；
「這兒是壁爐，」老太婆對她說，
「少爺經常在這兒獨坐。」

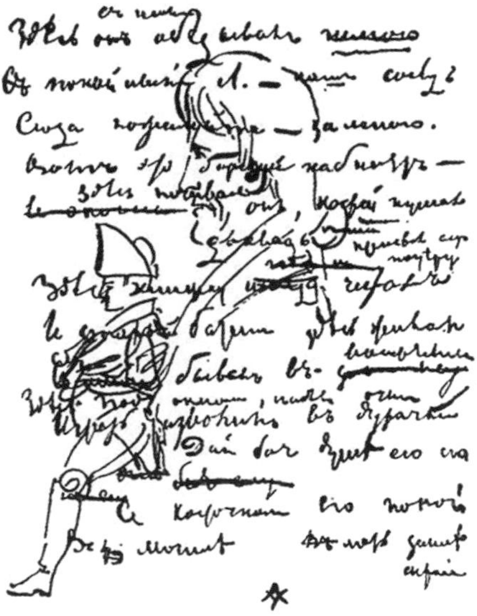

7：18

1 「這是我們的鄰居，已故的連斯基，
冬天陪他用餐的地方。
請跟我到這兒看看，
這是少爺的書房；
5 他在這兒喝咖啡、睡覺，
聽取管家做報告，
每天早上也在這兒讀書……
老爺在世時也在這兒住；
9 那時他每逢星期天，
總會戴起眼鏡，坐到窗戶邊，
要我陪他玩起『捉傻瓜』。■
願上帝拯救他的靈魂，
13 願他在墳墓中，
在大地母親的懷抱裡，
他的遺骨永遠安息！」

■「捉傻瓜」（играть в дурачки）是一種撲克牌遊戲。

7 : 19

達吉雅娜心有所感，
目光將四周的一切掃視一遍，
一切對她似乎都珍貴無比，
讓她枯萎的心重現生氣，
半是愁悵，半是歡喜：
不管是書桌，與桌上火光已滅的油燈，
還是一大堆書，與窗下的一張床，
床上還覆蓋著一層毛毯，
還有窗外朦朧的月下情景，
以及半明半暗的蒼白月光，
還有一幅拜倫勳爵的畫像，
以及一尊柱狀的鐵鑄人像，
人像頭頂戴帽，愁眉不展，
雙手交叉在胸前。

7：20

久久地站在這時髦房間裡，
達吉雅娜好似著了迷。
天色已晚，寒風吹起。
山谷裡一片黑漆。
樹林沉睡在河岸茫茫的霧裡。
月亮往山嶺後面躲避，
對這位朝聖的女香客
早該是打道回府的時刻。
把激動隱藏在心底，
達吉雅娜不禁深深嘆息，
邁開腳步回家去。
不過，走前還徵詢人家的允許，
好讓她再度造訪這座空屋，
好讓她一個人到這兒讀書。

7：21

達吉雅娜告別女管家，
往大門外走去。
過了一天，在一個大清晨，
她又出現在空無一人的宅院。
書房裡無聲又無息，
她暫時把俗世的一切都忘記，
終於只剩下一個自己，
於是，她久久地哭泣。
接著，她埋首於書籍。
起初，書籍沒引起她多大興趣，
但是，主人對書籍的選擇
卻引起她的好奇。
她貪婪地閱讀，一頁接一頁，
眼前展現另一個世界。

雖然我們知道，葉甫蓋尼
對讀書早已沒有多大興趣，
但是，有些作品，雖然寥寥無幾，
對他而言卻是特例：
《異教徒》與《劍俠唐璜》作者的詩作，■
還有兩三部他的小說，
這些作品把時代如實地反映，
也把當代人物刻畫得栩栩如生，
揭露他們墮落的靈魂，
還有自私自利與冷酷無情，
他們鎮日沉溺於無盡的幻想，
表現憤世嫉俗的精神，
並且滿腔熱血在沸騰，
所作所爲卻落得一場空。

■ 這裡指的是英國浪漫主義詩人拜倫（1788-1824）。

[redacted]

7 : 23

保存在一頁頁的書裡，
是當年手指留下的清楚印記；
這位姑娘慧眼獨具，
對這些看得特別帶勁與仔細。
達吉雅娜內心戰慄，
留意怎樣的見解與思想
打動當年的奧涅金，
什麼事又讓他默默讚賞。
在書頁的空白處，她讀到
奧涅金的鉛筆留下的眉批，
不由自主地在書裡，
他處處透露自己的心跡，
有時畫個叉，有時寥寥數語，
有時打個鉤，表示質疑。

7 : 24

於是，此時此刻——謝天謝地——
達吉雅娜心中漸漸開朗，
明白自己心中的這個人，
爲了他，她長吁短嘆，
爲了他，她責怪命運弄人：
此人是既憂鬱又危險的怪物，
不知是天堂的傑作，還是地獄的產物，
不知是天使，還是驕傲的魔鬼，
此人究竟是何方神聖？
莫非是滑稽的模仿，
是微不足道的幻影，
還是披件哈羅德斗蓬的莫斯科人，
是國外奇思怪想的說明書，
還是堆滿時髦詞彙的字典？……
此人會不會是拙劣的仿冒品？

莫非已經解開謎團？
莫非已經找到答案？
時間點滴流逝，她卻渾然忘我，
忘卻有人在家等候她，
兩位鄰居登門上她家，
說來說去話題都是她。
「如何是好？達吉雅娜老大不小，」
老夫人嘆息說道。
「要知道，奧麗佳還比她小。
眞是的，給她找個婆家才好，
是時候啦……卻不知拿她怎麼好？
不管是誰，她都是斬釘截鐵一句話：
不嫁！可是整日愁容滿面的也是她，
老是一個人在樹林遊蕩。」

「不會是有心上人吧？」「會是誰？
布雅諾夫求過婚——遭回絕。
伊凡·佩圖什科夫——相同結局。
驃騎兵佩赫京常作客上我家，
呵，他可是爲達吉雅娜神魂顛倒，
獻過的殷勤不知有多少！
我本來想：好事就要成；
哪知，還是沒戲唱！」
「大娘，有啥好煩惱？妳看怎樣？
到莫斯科，那是姑娘找婆家的好地方！
那兒，聽說，機會多得很。」
「哎呀，我的爺，我們收入不夠花用！」
「花用不會多，只要一個冬天，
要不我還可借妳一點錢。」

7 : 27

老夫人心中大喜，
這是明智的好建議；
她盤算一下，便拿定主意——
就在冬天，往莫斯科去。
達吉雅娜也聽到這消息。
那裡的上流社會好挑剔，
我們外省人家土裡土氣，
我們穿著打扮過時老氣，
我們言談舉止不得時宜，
是他們品頭論足的話題。
莫斯科的紈袴子弟與時髦仕女
想必會訕笑與鄙視！……
啊，恐怖！不，還不如留在山林野地，
讓她覺得更自在、更愜意。

趁著曙光剛起，她起身下床，
急急忙忙奔往田間，
她那多情的眼神
環顧田野，並輕聲低語：
「再會，我寧靜的山谷，
還有你們，我熟悉的峰巒，
還有你們，我熟悉的樹林；
再會，這多采多姿的蒼穹，
再會，這熱鬧歡騰的自然；
拋棄可愛、清靜的地方，
換取浮華、耀眼的喧嚷……
再會吧，還有你，我的自由！
但，我奔向何處？我何所求？
命運安排是怎樣的前途？

她漫遊的時間越來越長。
如今，一會兒是小溪，一會兒是山崗，
大自然美妙的風光
讓她不由自主地流連忘返。
好似與多年的老友，
與這樹林，與那草地，
滿腹的話不吐不快。
但是，夏日快速飛逝。
降臨的是金色的秋日。
大自然一片蒼白、蕭瑟，
好似華麗包裝的祭品……
乍然，捲起蕭蕭北風，
追趕著滿天的烏雲，
於是，冬天的巫婆駕臨。

冬天來到，灑下雪花片片，
掛在橡樹的枝椏上；
好似波浪起伏的地毯，
覆蓋著田野，圍繞著山崗；
河流冰封，鋪著蓬鬆的被單，
高度與河岸旗鼓相當；
冰雪上銀光閃閃。
我們樂見冬天母親的遊戲，
唯有達吉雅娜心中不樂意。
她不願迎接惱人的冬季，
她不願呼吸霜雪的粉粒，
她不願取下澡房屋頂的初雪，
擦拭在臉龐、雙肩與胸膛：
達吉雅娜擔心冬天的旅程。

7 : 31

啓程時間早已過期，
最後期限又快過去。
馬車長久遭到冷落，
如今又拖出檢查、補強與加固。
三輛篷車組成不起眼的車隊，
載運家用各類雜物，
鍋子、椅子，還有幾口箱子，
幾瓶果醬、幾張床墊，
幾條被子、幾個公雞籠，
盆盆罐罐 et cetera，■
嗯，很多各式各樣的家當。
這時，茅屋裡的家僕間，
掀起一陣喧嘩，與道別的哭聲：
院子裡拉來十八匹瘦馬。

■ Et cetera，拉丁文，表示「等等」。

馬兒套上主人的雪橇，
廚子趕著做早餐，
篷車上的行李堆積如山高，
幾個女僕與車伕在爭吵。
帶隊的御手是個大鬍子，
鬃毛蓬亂的瘦馬是他的坐騎，
家僕紛紛跑到大門前，
向東家說聲珍重與再見。
他們坐定，車隊便浩浩蕩蕩
開始滑動，緩緩駛出大門。
「別了，安詳的村莊！
別了，僻靜的家園！
我何時能與你再相見？」
達吉雅娜淚涔涔，如泉水般。

7 : 33

當我們把有益世道的教育
推廣到更大的疆域，
（根據哲學圖表的計算，
約莫還須經過五百年）
隨著時間的進展，
我們的道路或將大大地改善：
一條條的馬路四通八達，
將俄羅斯聯成一家。
一座座寬闊的拱形鐵橋
將跨越各處的河水，
一座座的高山讓我們移動，
一條條河流底下挖出驚人的隧道，
受基督洗禮的世界將在每家驛站
爲過路旅客設立飯館。

7：34

現在我們的道路年久失修，■
我們的橋樑無人過問，破損不堪，
驛站處處是跳蚤與臭蟲，
讓人一分鐘都不得安眠；
沒有飯館，只有寒冷的草房，
裡面掛著詞藻華麗的菜單
讓人飢腸轆轆，卻僅供觀賞，
十足吊人胃口。
同時，鄉村的庫克洛普斯 ■
燃起微微的爐火，
用俄羅斯的榔頭治療
歐洲輕巧的進口貨，
並喃喃有詞地讚美著
祖國大地的水溝與車轍。

■ 庫克洛普斯（Cyclops），希臘神話中的獨眼巨人，善於製造各種工具與武器。這裡用於表示鄉村的鐵匠。

7：35

然而，有時的寒冬之旅
卻是輕鬆又歡愉。
冬天的道路平坦又光滑，
好似流行歌曲沒有思想的詩句。
這幾個奧托米登藝高人膽大，■
我們的三頭馬車毫不疲乏，
路標像柵欄一一閃現，■
娛悅著閒來無事的眼神，
可惜拉林夫人走得拖拖拉拉，
她擔心租用驛馬費用太大，
寧願搭乘自家的馬匹，
於是，我們這位少女
一路嘗盡旅途的無趣：
他們如此走了七夜七日。

■ 奧托米登（Automedon），古希臘詩人荷馬的史詩《伊里亞德》中的英雄阿基里斯的戰車御者。

總算，快到了，白石建築的莫斯科
已經呈現在他們眼前，
十字架矗立在古老教堂圓頂上，
像似燃燒的炭火，金光閃閃。
每當教堂、鐘樓、花園與宮殿
構成一個弧形，
突然展現在面前，
啊，兄弟們，我心中何其歡暢！
在每次感傷的別離，
在命運的顛沛流離，
啊，莫斯科，我總是把你想起！
啊，莫斯科……俄羅斯人的心坎裡
有多少情感在這聲呼喚中融成一體！
有多少心聲在其中迴盪不已！

瞧，這是彼得羅夫宮，■
它身陷蔥鬱林木的包圍中。
它滿臉陰沉沉，
正爲剛到手的榮耀沾沾自喜。
拿破崙陶醉於最後的福氣，
等待莫斯科的卑顏屈膝，
獻上古老克里姆林宮的鑰匙，
結果，他落得空歡喜：
絕不，莫斯科並未屈膝，
並未向他請罪把頭低。
沒有慶賀，沒有見面禮，
爲沉不住氣的這位大英雄
莫斯科準備的是大火熊熊。
從這裡眺望驚人的衝天烈焰，
他不禁陷入沉思。

■ 彼得羅夫宮（Петровский замок 或 Петровский дворец），全名是彼得羅夫行宮（Петровский путевой дворец），位於莫斯科西北郊，建於一七七六至一七八〇年，是沙皇家族由彼得堡赴莫斯科的最後一站。他們在進入莫斯科前常在此稍事休息。一八一二年，拿破崙入侵俄國時，為免於莫斯科大夥波及，曾經在此居住。彼得羅夫宮在一九一七年十月革命前一直都是皇家驛站，後來幾經變動，如今則成為擁有二百間房間的旅館。

7：38

別了，彼得羅夫宮，
你見證了殞落的榮光。
呵！別停留，向前行！
已經看見城門的石柱白亮亮：
這時，雪橇已在特維爾大街飛奔，
一路窪窪坑坑。
身旁掠過農婦與崗亭、
頑童、店家與街燈、
宮殿、花園與修道院、
布哈拉人、雪橇與菜園、
生意人、茅舍與莊稼漢、
林蔭道、塔樓與哥薩克人、
藥房與時裝商店、
陽台與畫著獅子的大門，
還有十字架上寒鴉成群。

如此的旅途勞頓
又過了一個鐘頭，這時
拐進哈里頓教堂旁邊的胡同，
馬車停在一戶宅院的大門口。
這兒住著年邁的姨媽，
他們這次登門來找她，
她感染肺癆已有三年多。
開門的是白髮的卡爾梅克人，
他臉戴眼鏡，身穿破舊長衫，
還把一隻襪子拿在手中。
公爵夫人躺在客廳沙發上，
看見他們高興得大叫大喊，
兩位老太太於是相擁成一團，
又是流淚，又是嘆息個沒完。

「公爵小姐，我的天使！」■
「巴瑟特！」「阿麗娜！」■
「誰能想像啊？多少年啦！
親愛的表妹！多住些時日吧？
快快坐——多讓人想不到啊！
簡直是小說的場面，說實在話……」
「這是我女兒，達吉雅娜。」
「呵，讓我瞧瞧，親愛的達吉雅娜——
我簡直像在夢中說話……
表妹，還記得格蘭狄生嗎？」
誰啊，格蘭狄生？……啊，格蘭狄生呀！
是啊，記得，記得。他住在哪？」
「住在莫斯科，聖西蒙教堂附近；
聖誕節前夕還來看過我；
沒多久前才給兒子娶了親。」

■ 原文中用法文：「mon ange!」。
■ 原文中用法文：「Pachette!」，這是拉林夫人的法文名字。

「他呀……他的事以後再說吧，
可不是嗎？明日讓達吉雅娜
和所有親戚見見面。
可惜我已經沒有力氣出門啦；
勉強拖著兩條腿我都沒辦法。
而且你們旅途也夠勞累，
我們一起去歇歇吧……
唉，全身無力……胸口夠悶哪……
我現在高興一會都覺得累，
親愛的，更別說是傷悲……
我已經沒有用處……
人老就是活受罪……」
這會兒，她已感到疲累，
又是咳嗽，又是流淚。

7：43

病人的親切與高興
讓達吉雅娜大爲感動；
可是，她對新居無所適從，
還是習慣鄉下的閨房。
在新的床鋪，雖有絲綢帳幔，
夜裡她卻無法安眠，
教堂的鐘聲一大早便響起，
是一天忙碌的序曲，
把她從床鋪叫起。
達吉雅娜獨自落坐在窗前。
夜色逐漸消散；
但是，不見家鄉的田野：
眼前是陌生的庭院，
還有馬廄、廚房與籬牆。

於是，他們把達吉雅娜帶出家門，
每日出席各處親戚的家宴，
把她心神恍惚的慵懶樣
呈現在老爺爺、老太太的眼前。
有親戚自遠方來，
到處都給予殷勤的接待，
又是喟然感慨，又是美食招待。
「瞧，達吉雅娜長得多大！
好像不久前我才給妳受洗？
不久前我把妳抱在懷裡！
不久前我把妳的耳朵扭！
不久前我拿蜜糖餅乾餵過妳！」
於是，眾老太太同聲地感慨：
「我們的歲月飛逝得可真快！」

然而，他們的身上卻未見變化，
一切習慣都還是老套：
姨媽，女公爵伊蓮娜，
始終戴著網紗包髮帽；
魯凱莉·里沃芙娜把臉塗得白白，
柳博芙·彼得洛芙娜還是愛撒謊，
伊凡·彼得洛維奇愚蠢如昔，
謝苗·彼得洛維奇還是小氣，
佩菈格婭·尼古拉芙娜的身邊
還是同樣的法國朋友芬慕胥先生，
同樣的什皮茨犬，同樣的丈夫；■
丈夫還是俱樂部的忠實會員，
還是同樣的謙恭，同樣的耳聾，
吃喝還是同樣的一人頂兩人。

■什皮茨犬（шпиц），來自德文 Spitz，其實這是多種犬類（例如博美犬、西伯利亞哈士奇、德國絨毛犬等）的共同名稱，牠們的共同特徵是尖耳直豎，尾巴上翹，長毛。

各家女兒給予達吉雅娜擁抱，
莫斯科年輕的美惠女神■
先是默默地仔細瞧，
打量達吉雅娜，從頭看到腳；
她們覺得她有點古怪，
有點土氣，又不大自在，
有點纖瘦，又臉色蒼白，
不過嘛，長得倒不賴；
之後嘛，她們順其自然，
與她交往，帶她到房間，
又是親暱拉手，又是親吻，
幫她燙起時髦、蓬鬆的捲髮，
跟她說話像唱歌，
吐露少女的心事與祕密。

■美惠女神（Грации），源自古羅馬神話裡的美惠三女神，分別象徵美麗、優雅與歡樂。本文中用來指稱莫斯科少女。

7：47

向她談起別人與自己的得意，
還有夢想、希望與惡作劇。
說起話滔滔不絕，天眞爛漫，
其中夾雜一點誇張與誹謗。
後來，她們親暱地要求她
開誠布公，說出心裡話，
作爲她們吐露心跡的報答。
然而，達吉雅娜宛如在夢中，
無心聆聽她們的言談，
也聽得不知所以然，
自己的祕密與淚痕，
還有幸福，是珍貴的寶藏，
她全都默默地保存，
對誰她也不肯分享。

她們的對談，她們的話題，
達吉雅娜也想聽個仔細，
但是客廳裡眾人的話語
庸俗不堪，都是說三道四；
一切都貧乏，沒有吸引力；
就連說八卦都是那麼無趣；
她們的語言無味，沒有意義，
就連問話、誹謗與消息，
即使偶然，即使無意，
整天整夜也說不出什麼道理；
疲乏的心智迸發不出微笑，
算是笑話也引不起你心跳，
連滑稽的蠢話你都聽不到，
上流社會眞是空虛又無聊！

檔案處的一群青年■
瞧著達吉雅娜，眼神一本正經，
竊竊私議這位姑娘，
口氣總是不甚友善。
有那麼一位小丑，滿臉憂鬱，
認爲她是自己理想的女子，
斜倚著門邊站立，
準備爲她獻上一首哀詩。
在人生無趣的姨母家有次巧遇，
往她身邊坐的是維亞澤姆斯基，
他的談吐讓她深深著迷。
有位老人家坐在近旁，
注意到她，把假髮整了整，
不停地打聽這位姑娘。

■檔案處指的是俄國外交部檔案處，此單位工作清閒，當時不少俄國貴族子弟透過關係在此謀得一官半職。

那兒，摩爾波墨涅正瘋狂，■
哀嚎似地發出長鳴，
舞動著長袍，亮光閃閃，
面對著無動於衷的人群，
那兒，塔莉亞悄悄地打盹，■
聽不到友善的掌聲，
那兒，忒爾普西珂瑞是唯一，■
讓年輕的觀眾感到驚奇
（想想你我的當年，
場景也是一個樣），
不論在包廂，或是在正廳，
不會有善忌的女士舉起長柄眼鏡，
不會有時髦的鑑賞家拿起望遠鏡，
多看一眼達吉雅娜的倩影。

■ 摩爾波墨涅（Melpomene），希臘神話中的九個繆斯女神之一，掌管悲劇。
■ 塔莉亞（Thalia），希臘神話中的繆斯女神之一，掌管喜劇。
■ 忒爾普西珂瑞（Terpsichore），希臘神話中的繆斯女神之一，掌管舞蹈。

7：51

人們把她帶到貴族會所，■
那兒擁擠、悶熱又混亂，
音樂轟隆，燈燭輝煌，
對對舞伴旋風般快速地閃現，
美女輕飄飄的衣裳，
擠滿紅男綠女的長廊，
少女圍成長長的半圓，
瞬間震撼人們的各種感官。
知名的花花公子都來這兒報到，
展示時裝背心，又大肆胡鬧，
拿著長柄眼鏡肆意地到處瞧，
度假的驃騎兵匆匆來到，
他們是吵吵又鬧鬧，
出出風頭，逗逗姑娘，再逃之夭夭。

■貴族會所（Собранье），貴族俱樂部，當時的莫斯科貴族經常在此聚會。

眾星爭輝在夜空，
美女鬥豔莫斯科。
明月高掛深藍的蒼穹，
燦爛更勝眾星姊妹淘。
可是，有一位人兒，
我的詩琴不敢把她驚動，
她就像皓月當空，
獨放光芒在眾家女士間。
是高高在上的天之驕女，
降落在凡俗的人世間！
她的胸懷充滿多少柔情！
她奇妙的眼神充滿多少慵懶！……
不過，夠了，夠了！就此打住！
你的痴狂已付出多少的篇幅。

7：53

喧鬧與哄笑，奔跑與鞠躬，
加洛普、瑪祖爾卡、華爾茲……■
此時，立於兩個姨母間、廊柱邊，
達吉雅娜並未吸引任何人的眼神，
她對眼前的一切視而不見，
她厭惡上流社會的哄亂；
這兒讓她悶得發慌……
她幻想著往家鄉的原野飛奔，
奔向村莊，奔向貧苦的莊稼人，
奔向偏僻、幽靜的地方，
那兒有閃閃發亮的小溪流淌；
奔向鮮花朵朵，奔向小說篇篇，
奔向椴樹林蔭道的幽暗，
那兒是他出現在她眼前的地方。

■加洛普（галоп），一種步伐急速的古典舞。

於是，她的思緒往遙遠的地方徘徊：
忘卻眼前喧囂的社交舞會，
哪知，這時有雙眼睛猛盯著她看，
這是一位官職顯赫的將軍。
兩位姨母彼此交換眼神，
同時用手肘輕碰達吉雅娜，
兩人都對她輕聲說道：
「趕快往左邊瞧。」
「左邊？哪兒？那兒有啥好瞧？」
「呵，甭管那麼多，就是給我瞧瞧……
那堆人裡，瞧見嗎？在前面，
那兒，穿軍裝的有兩人……
一人走開……就是側身站的人……」
「誰啊？那位胖呼呼的將軍？」

我在此特別道喜
迷人的達吉雅娜的勝利，
不過，我要往不同的方向下筆，
免得諸位把我歌頌的人忘記……
關於他讓我順便說幾句：
我歌頌一位年輕的朋友，
還有他許許多多古怪的念頭。
讓我的創作之路得到保佑，
啊，妳呀，詩歌的繆斯！
請賜予我手杖一枝，
別讓我東遊西蕩地迷失。
夠了，該從肩膀卸除這副擔子！
我曾經對古典主義致上敬意：
雖然有點晚，總算有段序曲。■

■本節第六至十一行是普希金戲仿古典主義的創作。在此，作者嘲諷古典主義的刻板模式。

8

別了，如果是永遠，
那就永別吧。
——拜倫

那些歲月，在沙皇村學校的花園，
我寧靜、安逸，青春奔放，
閱讀阿普列烏斯是我所喜愛，■
西塞羅我卻不愛，■
那些歲月，在神祕的峽谷中，
在天鵝啼叫的春天，
幽靜的波光閃動的水邊，
繆斯翩然降臨我的眼前。
我學生時代的臥房
霎時大放光亮：繆斯女神
在此擺設青春文思的饗宴，
謳歌我們童年的歡暢，
謳歌我們古老的榮光，
還有悸動心靈的夢幻。

■阿普列烏斯（Apuleius, 約 124-170），古羅馬作家、哲學家。

■西塞羅（Marcus Tullius Cicero, 106 B.C.-43 B.C.），古羅馬政治家、演說家暨作家。

世界歡迎著她，笑逐顏開，
最初的成就讓我們歡欣鼓舞，
杰爾查文老兒人已半截入土，■
發現我們，還給予我們祝福。
. . . .
. . . .
. . . .
. . . .
. . . .
. . . .
. . . .
. . . .
. . . .
. . . .

■杰爾查文（Гаврила Романович Державин, 1743-1816），著名詩人，俄國古典主義代表人物。他過世的前一年，普希金在沙皇村學校的升級考試上朗誦自己的詩作《沙皇村的回憶》（Воспоминания о Царском Селе, 1815），讓擔任主考官的杰爾查文大為震撼，並讚嘆說：「我將不死，我已後繼有人」。

於是，我把恣意妄爲的激情
當作自己生活的法則，
爲了與人群分享我的感情，
我帶著歡快的繆斯女神
出席喧囂的酒宴與狂暴的舌戰，
其實這都是夜班巡警的災難；
對於每場狂亂的酒宴，
繆斯都貢獻自己的贈品，
像巴克坎忒斯般地狂飲，■
酒後並爲賓客放聲高唱，
往日的那些年輕人
追逐著她都像發狂，
而當時的我遊走在朋友間，
女友的輕狂讓我得意揚揚。

■巴克坎忒斯（Bacchante），古羅馬酒神巴克斯（Bacchus）的女祭司，也可用於表示酒宴中狂歡的女子。

8 : 4

不過，我還是離開這幫人群，
奔向遠方……她追隨我如影隨形。
時常，繆斯女神善解人意，
排遣我旅途的孤寂，
用的是神奇、玄妙的故事！
時常，在月光下，她就像萊諾蕾，■
與我共騎駿馬奔馳，
在高加索的山崖！
時常，在塔夫里達海岸，■
在茫茫的夜色中，
她帶領我聆聽喧囂的海浪，
涅瑞伊得斯不絕於耳的低吟，■
滔天巨浪永恆的合唱，
以及對造物主的禮讚。

■萊諾蕾（Lenore），德國詩人布爾格（Gottfried Bürger, 1747-1794）的敘事詩《萊諾蕾》（Lenore）中的女主角。

■塔夫里達（Tauris），克里米亞半島的古名。

■涅瑞伊得斯（Nereids），希臘神話中的海中女神。

8 : 5

忘卻京城的繁華，
忘卻酒宴的喧嘩，
來到摩爾達維亞淒涼的荒村，
造訪游牧民族的弟兄，
造訪他們簡陋的棚帳，
身處其間，繆斯變粗獷，
忘卻眾神的語言，
爲的是貧乏、奇特的言談，
爲的是她鍾愛的草原的歌聲……
剎那間，周圍的一切都改變，
她徜徉在我的花園，
搖身一變成鄉村的少女，
若有所思的眼神帶憂鬱，
一本法文書籍拿在手裡。

8：6

如今我首次帶著繆斯
出席盛大的社交晚會；
懷著嫉妒與羞怯，我凝視
她那草原特有的魅力。
擁擠的人群中有外交官與貴族、
軍隊的花花公子與驕傲的貴婦，
她翩然地穿越人群；
靜靜坐下並仔細觀瞧，
欣賞大廳裡的擁擠與喧鬧，
欣賞言來語去與衣香鬢影，
欣賞客人緩步而行，
出現在年輕的女主人面前，
還有男士圍繞女士身邊，
宛如黑色鏡框鑲著圖片。

8：7

她喜愛達官貴人的談吐，
他們說起話來頭頭是道，
冷淡中帶著安詳與驕傲，
那是官位與歲月的產物。
然而，在這出類拔萃的人群，
緘默又憂鬱地站立是何人？
在眾人中他好似陌路人，
張張面孔閃現在他眼前，
宛如一連串無趣的幻影。
他臉上是受難者的驕傲，
還是苦悶？他何以來到？
他是何許人？奧涅金嗎？
莫非是他？……沒錯，是他。
「他來到我們這兒許久嗎？」

他始終如故還是已經學乖？
還是依然故作古怪？
你們說說：他回來是什麼身份？
他在我們面前要扮演什麼角色？
他如今是何許人？愛國者，
繆莫斯，還是世界主義者，■
貴格會教徒，僞君子，哈羅德，
還是到處招搖，戴著另一副的面具，
還是普普通通的善良小伙子，
就像你我，就像社會人士？
至少，聽聽我的忠告：
揮別陳腔濫調的時髦。
世界讓它攪亂得一團糟……
「你們知道他？」「算知道，也算不知道。」

■繆莫斯（Melmoth），愛爾蘭作家馬圖林（Charles Robert Maturin, 1782-1824）的小說《流浪者繆莫斯》（Melmoth the Wanderer, 1820）中的男主角。這本小說中，繆莫斯是個學者，他出賣靈魂給魔鬼，交換一百五十年的壽命。

——何以對於此人，
你們如此不以爲然？
是因我們老是東奔西忙，
不論何事喜歡妄加論斷？
是因狂熱心靈的疏忽，
常對自命不凡的小人物
大肆嘲笑或羞辱？
是因智慧喜愛自由，卻造成限制？
是因我們常把談天說地
當作了不得的大事？
是因蠢人輕浮，充滿惡意？
是因胡扯對於要人是要事？
是因庸俗是我們能力所及，
並沒什麼好稀奇？

8：10

青春的時候保持青春是幸福，
成熟的時候長大成熟是幸福，
隨著歲月的增長他逐漸
學會承受生命的寒冬；
他不沉湎於古怪的迷夢，
他不逃避社交界的俗人，
二十歲是風流自賞的好漢，
三十歲娶妻賺得大筆嫁妝，
五十歲他能夠免除
私人與其他的債務；
財富、官位與榮耀
他從容地一一得到，
一輩子人們對他莫不額手稱道：
論起人才，某某某算得上一號。

然而，想起來叫人感傷，
我們空有青春一場，
我們總把青春背叛，
青春也對我們說謊；
我們最美好的希望，
我們最新鮮的夢想，
霎時，一一煙消雲散，
像秋天落葉的腐爛。
讓人難受地看見前面，
人生只是一餐接一餐，
人生一切行禮如儀，
跟隨眾人亦步亦趨，
彼此之間沒有交集，
沒有共識，沒有熱情。

讓人難受的是（這你們會同意），
交往者皆屬明理的人士，
你卻成爲喧囂聲中的眾矢之的，
人們拿你當怪客，只會裝腔作勢，
或是內心憂鬱，行爲乖戾，
或是撒旦似的醜陋與怪癖，
甚至是我筆下的惡魔轉世。■
奧涅金（我再次把他提起）
自從槍殺朋友於決鬥，
人生沒有目的，也無所事事，
活到二十六的年紀，
憂心於清閒與安逸，
沒有職務，沒有事業與妻室，
不管什麼事，他都無能爲力。

■ 這裡的惡魔指的是普希金敘事詩《惡魔》（Демон, 1823）中的主要角色，他靈魂中充滿否定與懷疑，嘲笑對愛情與自由的渴望。

8 : 13

他心中騷動不安，
有意把環境轉換，
（這種狀況眞是傷感，
背負這十字架有人卻心甘）。
他揮別自己的村莊、樹林，
還有田野的幽靜，
那兒有血淋淋的陰影，
日日夜夜浮現在眼前，
開始漂泊，漫無目的，
漂泊何處隨興之所至；
就像世上的萬物萬事，
趟趟的旅程讓他煩膩；
返回家鄉，就像恰茨基，■
一下船便直奔舞會而去。

■恰茨基，格里鮑耶朵夫的喜劇《聰明誤》中的男主角。恰茨基漂泊國外三年，有天突然回國，出現於心愛女子家中的舞會。

此時，大廳一陣騷動，
眾人交頭接耳，咕咕噥噥……
一位貴婦走向女主人，
身後跟著一位官位顯赫的將軍。
她神態安詳從容，
既不冷淡，也不多言，
既不高傲地睥睨人們，
也不奢望人們的讚嘆，
既不裝腔作勢，
也不邯鄲學步……
舉手投足透露沉靜與純樸，
一句法文是最佳的寫照：
Du comme il faut...（希什科夫，■
抱歉了，我不知如何翻譯。）

■ 意指高雅端莊。希什科夫（Александр Шишков, 1754-1841），俄國海軍將官、政治家暨社會活動家，也是當時古體派作家的領袖，他大肆抨擊俄國文化藝術中的法國風格與自由主義思想。

貴婦們紛紛走到她跟前；
老太太對她是笑容滿面；
男士們向她謙卑地鞠躬，
企圖吸引她的目光；
大廳裡，少女走過她眼前，
腳步放得特別輕，
隨她走進來的將軍大人
鼻子與肩膀抬得特別高。
她稱不上絕頂美貌，
然而，根據英國上流社會的風潮，
根據那兒最吹毛求疵的時髦，
渾身上下從頭看到腳，
誰也不能從她身上找到
所謂的 vulgar 一絲毫。（我不能翻譯……）■

■ Vulgar，英文，意指俗氣。

8：16

（我非常喜愛這個詞，
翻譯它卻無能爲力；
在我們這兒它還是新詞，
很難博取人們的敬意，
只適用於俏皮的短詩……）■
言歸正傳，還是談談這位夫人。
她漫不經心的美特別動人，
她端坐那兒神色怡然，
身旁是美艷動人的尼娜．沃倫斯卡婭——
那位涅瓦河畔的克麗奧佩特菈；■
相信諸位看官都會同意，
尼娜大理石般的美麗，
即使是光芒四射，
也不能把身旁女士的美遮蔽。

■這一段文字其實是普希金借用 vulgar 一詞，暗指當時俄國著名作家暨文學評論家布爾加林（Фаддей Булгарин, 1789-1859）。布爾加林的俄文姓氏，譯成英文是 Bulgarin，其字根與 vulgar 近似。布爾加林出身於波蘭—立陶宛聯邦的波蘭貴族家庭，曾經就讀於彼得堡軍事學校，後又投靠拿破崙軍隊。一八二〇年來到彼得堡出版文學雜誌，並從事小說創作。據說他私底下與沙皇的祕密警察過從甚密，經常向政府檢舉自由派人士與寫實主義作家。普希金多次於諷刺短詩中以菲格利亞林（Фиглярин，有「小丑」之意）之名暗諷此人，他也以諷刺詩反擊普希金，稱普希金是楚希金（Чушкин，有「白癡」之意）。

■克麗奧佩特拉（Cleopatra），更精確說應該是克麗奧佩特拉七世，世稱「埃及豔后」或「埃及妖后」，生於公元前六十九年至三十年，是古埃及托勒密王朝末代女王。

「難道是她？」奧涅金暗想，
「可能是她嗎？眞像呀……不可能……
怎麼！來自偏僻的草原村莊……」
他的長柄眼鏡縈繞不去，
不時地往她瞧仔細，
她的樣子讓他依稀想起
那個早已忘卻的容顏。
「告訴我，公爵，你是否知道，
那位女士何許人？她戴深紅小帽，
正與西班牙大使閒聊。」
公爵往奧涅金瞧了又瞧。
「呵！你已許久沒參與社交，
等等，我爲你作介紹。」
「她究竟是誰？」「我的夫人。」

8：18

「你結婚了！我還不知道呀！
很久了嗎？」「大概兩年啦。」
「誰家姑娘？」「拉林家。」「達吉雅娜！」
「你認識她？」「我是她鄰居。」
「噢，那跟我來。」公爵走向妻子，
把這位朋友與親戚
帶到公爵夫人那裡。
公爵夫人對他瞧了瞧……
無論多麼心慌，
無論多麼詫異，
無論多麼驚奇，
她卻絲毫不露聲色：
依然保持原有的風度，
屈身鞠躬，安詳如故。

的確！不見她一絲的戰慄，
不見她臉色一陣紅一陣白……
不見她眉頭抬一抬，
甚至不見她嘴唇咬一咬。
儘管把她看得不能再仔細，
昔日達吉雅娜的痕跡
奧涅金如何也無法再尋覓。
他想要對她把話匣打開，
哪知不能夠。反而她先把口開，
問他來此多久，打從何處來，
是否打從他們的家鄉來？
然後，疲憊的眼神轉向夫君，
她便翩然走開……
只留奧涅金原地發呆。

8 : 20

難道就是那個達吉雅娜？
於本書的開端，
於遙遠偏僻的地方，
他與她曾單獨會面，
出於循循善誘的熱忱，
他對她作了道德的教訓；
他還保留著她的來信，
信裡她對他傾訴衷情，
一切那麼直率，那麼坦蕩，
是那女孩……還是夢一場？……
那女孩對他卑顏屈膝，
他當時並不放在眼裡，
她如今與他相對而立，
能如此淡定，充滿膽識？

8：21

他離開人潮擁擠的舞會，
他滿懷心事地往家而回；
時而憂鬱、時而美妙的幻影
騷擾著他深夜的夢境。
一覺醒來，僕人遞上一封信：
公爵恭敬地邀請他光臨
家裡的晚會。「天啊！去她家！……
噢，去，一定去！」於是，他
草草下筆一封客氣的回信。
他怎麼了？陷於奇異的夢境！
在他寒冷又厭倦的內心，
是否有什麼在蠢蠢欲動？
懊惱？空虛？或者又是
青春的煩惱——愛情？

8：22

奧涅金又計算著時間，
又迫不及待黑夜的降臨。
終於十點，他便趕著出門，
一路飛奔，來到人家門前，
忐忑不安地跨進公爵家門；
發現房裡只有達吉雅娜一人，
他們坐著幾分鐘，
奧涅金覺得吶吶，
嘴裡很難迸出一句話。
他一臉憂鬱，窘迫不安，
勉勉強強地回答幾句。
腦海的念頭卻縈繞不去。
他努力地把她瞧仔細：
她坐姿安詳，從容隨意。

這時，她的丈夫走進屋裡，
打斷這場尷尬的面對面談話；■
他與奧涅金回首往事，
憶起當年的玩笑與惡作劇。
兩人相視而笑。客人陸續來到。
這時，加油添醋的惡毒玩笑
讓談話變得非常熱鬧；
當著女主人的面，輕鬆閒扯，
沒有愚蠢的裝腔作勢，
有時夾雜聰明的話語，
沒有庸俗話題，沒有學究氣，
也不談永恆的眞理，
談話是自由自在的生動，
不讓任何人的耳朵聳動。

■面對面談話，原文為法文。

然而，此時此地，冠蓋滿京華，
既是名門貴冑，又是時髦楷模，
還有些臉孔是無處不出沒，
還有些是不可或缺的蠢貨；
這兒有上年紀的貴婦人，
戴著包髮帽與玫瑰，卻面目可憎；
這兒有幾位妙齡姑娘，
卻不見笑容在臉上蕩漾；
這兒有一位公使，
開口閉口不離國家大事；
有位老頭一頭擦滿香水的白髮，
他老愛說著陳腔濫調的笑話：
他的談吐聰明、巧妙，
只是如今聽起來有些可笑。

8 : 25

這兒有位先生喜愛發牢騷，
萬事萬物都讓他忿恨難消：
主人家裡的茶水太甜，
太太們俗氣，男士們語氣惹人厭，
討論半天的小說其實不知所云，
兩位宮女配戴的花字徽章太難看，
戰爭不人道，雜誌一派胡言，
妻子不體貼，下雪天不方便。
. . . .
. . . .
. . . .
. . . .
. . . .
. . . .

這兒有位普羅拉索夫，■
他人品低下，臭名昭著，
聖·普里的畫筆都畫禿，■
將此人畫進所有紀念簿；
一位舞會無冕王站立門口處，
看起來，好似雜誌裡的插圖，
滿臉紅通，又似柳枝節的基路伯，■
穿緊身衣，磐然不動，不發一語；
還有一位過路的不速之客，
穿著上漿過度衣著的無賴，
他那多嘴好事的姿態
惹得眾賓客無不竊笑，
並且默默把眼神交換，
這是對他的共同批判。

■ 普羅拉索夫（Проласов），這個姓氏來自 пролаза 一詞，表示：善於鑽營的人。普羅拉索夫這個姓氏常見於十八世紀俄國喜劇，是荒謬、可笑的人物。

■ 聖·普里（St. Priest），原著中用法文，其實是指 EmmanuelSen-Pri 伯爵（1806-1824），是法國移民之子，是當時著名的諷刺畫家。

■ 基路伯（херувим），亦即英文裡的 cherub，聖經中的天使，掌管知識。根據東正教習俗，復活節前一星期的柳樹節，俄國人會舉辦柳樹節集市（вербный базар），販售各類食品、玩具。文中的柳枝節的基路伯（вербный херувим），表示柳樹節集市裡販賣的基路伯天使玩具。

整個夜晚，我們的奧涅金
左思右想只有達吉雅娜的身影，
如今她已不是怯生生又癡情、
楚楚可憐又單純的姑娘，
而是淡定的公爵夫人，
而是雍容華貴、涅瓦河京城
一位高不可攀的女神。
人類啊！你們都好像
遠古的夏娃祖先：
上天的恩賜不能把你們吸引，
毒蛇卻不停地聲聲召喚，
召喚你們往智慧之樹飛奔；
牠有禁果提供你們品嘗，
沒有禁果，樂園不是樂園。

1 當年的達吉雅娜發生多大改變！
如今的她扮演新角色自信滿滿！
她竟能如此快速適應
讓人窒息的官場習性！
5 她如今是征服社交大廳的女皇，
端莊與高貴又帶隨意與閒散，
誰敢尋覓當年多情少女的芳影？
誰知道，他曾經讓她春心蕩漾，
9 經常，睡夢之神不蒞臨，
少女枯坐於黑夜的暗影，
孤獨地爲他憔悴又神傷，
慵慵懶懶地舉目向明月，
13 幻想何時與他常相伴，
共度平凡的人生旅程！

8 : 29

人不分年齡，都臣服於愛情，
然而，洶湧澎湃的激情
最能滋潤青春少女的心靈，
就像驟雨滋潤春天的農田：
在愛情的雨露中，青春的心
更新鮮、成熟、生氣盎然——
強大的生命賦予她們
果實的甜美與花朵的燦爛。
然而，不會開花結果的晚年，
在我們歲月的轉折中，
惆悵是激情死滅的痕跡：
好似冷颼颼的秋風秋雨
讓青綠的草地化做沼澤，
讓四周的樹林化做枯枝。

8 : 30

不用懷疑：唉！奧涅金
愛上達吉雅娜，像個孩子般；
在愁煞人的思慕中，
他度過每個白天與夜晚。
顧不得理智嚴厲的責難，
他沒有一日不登門，
踏進她家的門階與玻璃門廊；
追隨在她前後，如影隨形；
他會感到幸福無上，
只要能把毛皮圍巾披在她肩上，
只要能把她的小手熱情地觸碰，
只要能推開她前呼後擁的僕人，
大步地走到她的面前，
只要能爲她拾起手絹。

8：31

無論奧涅金如何用盡心思，
達吉雅娜對他毫不在意。
她在家裡接待他，坦然並不刻意，
會客時與他交談三兩句，
有時鞠躬表示歡迎之意，
有時對他根本未加留意，
不見她有調笑戲謔之舉——
這是上流社會不能允許。
奧涅金臉色愈漸蒼白：
她不是視而不見，就是不知憐惜；
奧涅金日復一日地消瘦，甚至
幾幾乎乎感染肺癆。
大家勸他看醫生要趁早，
異口同聲地建議：多洗溫泉澡。

1 然而，他沒去；他肚明心知，
該預先給列祖列宗寫信告知，
與他們相會爲時不遠；豈知，
達吉雅娜若無其事（女人皆如是）；
5 他仍然堅持，不願放棄，
仍心存希望，不願罷休；
他較健康的人更有勇氣，
虛弱乏力的手仍然舉筆，
9 致函公爵夫人，熱情洋溢。
哪怕寫信可能白費心機，
他並不認爲毫無意義；
或許，是內心的痛苦
13 讓他無法再忍受。
他的信函隻字不差見諸於後。

我預見：我內心哀傷的告白
將引起妳極大的不快。
妳的目光是高傲，
透露的輕蔑讓人難熬！
我所爲何來？有何意義
向妳吐露心跡？
或許，這正授與妳口實，
讓妳贏得報復的快意。

曾經與妳相逢在偶然，
發現妳眼神柔情的閃光，
是否相信她，我不敢貿然：
兩情相悅的美事難以發展；
獨身的自由固然惹人厭，
失去它我卻又不願。

還有一事讓妳我分離……
連斯基不幸離開人世……
從此心愛的一切
我斷然從內心捨棄；
我遠離眾人，心無所繫，
當時的我以為：安逸與自由
可以替代幸福。我天上的主！
我是錯得離譜，我受到懲處。

不，無時無刻都要看見妳，
無論何處都要追隨妳，
深情的眼神要捕捉妳
雙眸的顧盼，雙唇的笑意，
久久地聆聽妳的言語，
用心靈領略妳的完美，

面對妳，我痛苦，我心跳停止，
我蒼白，殞落……這也是福氣！

然而，我被剝奪了福氣：
爲了妳，我跟前跟後，算是運氣；
每個日子、每個時辰我都珍惜：
感受著徒勞無益的枯疾，
我消耗著命定的有限日子。
每個日子都讓人感覺吃力。
我知道：我的時日有限，
爲了讓生命苟延殘喘，
清晨我必須堅定信念，
這日我定會與妳相見……

我擔心：在我卑微的祈求裡，

妳嚴峻的眼神看到的是
狡猾、卑鄙的心計——
於是我聽見妳一頓怒斥。
但願哪天妳能知曉，
愛的飢渴多麼讓人煎熬，
心中的愛火激烈燃燒——
卻用理智時時壓抑熱血的波濤；
期盼擁抱妳的雙膝，
期盼哭倒在妳的腳底，
細述心中的祈求、哀愁與告白、
一切、一切所能吐露的心跡。
然而，我卻只能故作冷淡，
武裝自己的語言與眼神，
進行平心靜氣的交談，
用愉快的目光凝視妳的容顏！……

但是，就隨它去：抵抗自己
我再也無能爲力：
一切自有定數：任憑妳處置，
我一切聽從天意。

8：33

沒有回音。他繼續寫信：
第二封、第三封都石沉大海。
有回他乘車參加一項聚會，
才一進門，就見她迎面走來……
她滿臉冷若冰霜！
話不跟他說一句，也不瞧他一眼；
喔唷！現在的她渾身上下
都籠罩在臘月寒冬！
她那執拗的雙唇
按耐著滿腔憤恨！
奧涅金盯著瞧，想把她看穿：
哪兒有心慌？哪兒有憐憫？
哪兒有淚痕？……沒有，沒有！
臉上只透露怒氣在心頭……

8 : 34

對了，或許，還有內心的顧慮，
擔憂夫君與社交界猜到
她昔日的軟弱與胡鬧……
那一切都爲奧涅金所知曉……
希望破滅！他只好離去，
一方面，內心詛咒自己缺乏理智——
另方面，所思所想又非常不明智，
他再度離群而孤立。
把自己關進幽靜的書房裡，
常把往日時光想起，
當年，殘酷無情的憂鬱
在社交的喧囂中常對他侵襲，
扭住他的衣領，糾纏不去，
把他幽禁在黑暗的角落裡。

他再度埋首書堆，不加選擇。
他讀吉本與赫爾德、
盧梭、孟佐尼與尚福爾、
史達爾夫人、畢夏與狄索，
他讀懷疑論主義的培爾、
他讀馮泰納爾的創作，■
他讀我國某些作家的著作，
無所不讀，什麼都不放過：
又是文集，又是雜誌，
那些書刊愛作道德訓示，
最近還對我大肆抨擊，
不過，偶而會讀到讚美詩，
對我作如此溢美之詞：
他的詩寫得眞美，各位讀者。■

■ 吉本（Edward Gibbon, 1737-1794），英國歷史學家；赫爾德（Johann Gottfriedvon Herder, 1744-1803），德國哲學家，詩人暨民俗學家；孟佐尼（Alessandro Manzoni, 1785-1873），義大利浪漫主義小說家暨詩人；尚福爾（Sébastien Chamfort, 1740-1794），法國諷刺作家；斯達爾夫人（Madamede Stael, 1766-1817），法國女作家，浪漫主義先驅；畢夏（MarieF. X. Bichat, 1771-1802），法國著名醫生暨解剖學家；狄索（Simon Tissot, 1728-1797），瑞士著名醫生；培爾（Pierre Bayle, 1647-1706），法國哲學家暨啟蒙思想家；馮泰納爾（Bernard Fontenelle, 1657-1757），法國理性主義哲學家暨作家。

■ 原文為義大利文。

可是，怎麼了？他眼睛看書，
心思卻飄呀飄到遠處，
夢想、希望與哀愁
埋藏在心靈最深處。
從書本的字裡行間，
他心靈的眼睛
閱讀的卻另有文章。
他深深地沉湎於其中。
那是懵懵懂懂的往事，
那是內心深處的隱密，
那是雜亂無章的夢囈，
還有凶兆、預言與非議，
或是胡話，活靈活現卻荒誕無稽，
或是信箋，出自青春少女的手筆。

8：37

於是，奧涅金的思想與情感
漸漸地陷入一片渾沌，
想像中好似玩著法拉翁，■
張張色彩繽紛的紙牌跳動在眼前。
時而看見：融化的雪地，
有個年輕人倒臥不起，
彷彿躺在床鋪歇息，
有人說話：怎的？已經斷氣。
時而看見久已淡忘的仇敵、
惡毒的懦夫與造謠生事者、
一群喜新厭舊的女郎、
一夥卑鄙無恥的同伴，
時而鄉村的宅院——窗前
坐著她……滿腦子都是她！……

■ 法拉翁（Фараон），一種當時流行的紙牌遊戲。

他如此沉湎於幻想已成習慣，
幾乎就是神經錯亂，
或者幾乎變成詩人。
老實說：果眞如此，感激不盡。
正確說：好似被一股磁力吸住，
我這個不成材的門徒
當時幾幾乎乎
把俄文詩歌的格律領悟。
他那模樣眞的像詩人，
常常一人呆坐在屋角，
眼前壁爐的火熊熊燃燒，
嘴裡低吟：《心上人多美好》，
或者《妳是我的偶像》，竟然■
忽而鞋子，忽而雜誌掉入火焰。

■這是兩首義大利歌曲，原文並以義大利文書寫。

8 : 39

時光飛逝；冬天已到尾聲，
轉眼間天氣開始回暖；
他沒變成詩人，
也沒一命嗚呼，或變成癲狂。
春天讓他振奮：
一個春光明媚的早晨，
他首度離開壁爐與雙層窗，
踏出深居的宅院，
那兒他土撥鼠般蟄伏整個冬天，
他搭乘雪橇飛奔在涅瓦河畔。
車痕交錯的藍色冰面
閃耀著燦爛的陽光，
刨開的積雪化成街上的泥濘。
泥濘中雪橇急速地奔向前。

奧涅金匆匆飛奔何方？
你們早已猜中；真的沒錯：
他飛奔她而去，奔向達吉雅娜，
這位怪人真是無可救藥。
他走進大門，好似幽靈。
前廳見不到一個人影。
往前，走進大廳：還是沒人。
於是，他打開另一扇門，
何事讓他大吃一驚？
只見公爵夫人獨坐在眼前，
臉色蒼白，未梳妝打扮，
閱讀著什麼人的信件，
一手托住臉頰，
眼淚泉水般涔涔落下。

8 : 41

啊，在這瞬間，誰能看不出
她內心無言的痛苦！
誰能認不出如今的公爵夫人
即是當年楚楚可憐的達吉雅娜！
奧涅金滿懷萬般的悔恨，
愁苦地撲倒在她腳下；
她渾身一顫，一時無言；
凝視著眼前的奧涅金，
既不驚訝，又不氣憤……
他那黯淡無神的目光、
默默的自責與祈求的神情，
這一切她都懂。
純情的少女重回她身上，
帶著往日的情懷與夢想。

8：42

她並未扶起奧涅金，
只是盯著他，目不轉睛，
並讓他貪婪地親吻自己的手，
她的手已麻木，並未往外抽……
如今她的憧憬是什麼？
經過一段時間的沉默，
她終於輕聲地把話說：
「夠了吧，請你起來，
我有必要對你坦誠地表白。
奧涅金，還記得命運的安排，
當時你我偶然相逢
在花園的林蔭道上，
我謙卑地聆聽你的大道理？
今天輪到我說幾句。」

8：43

「奧涅金，當時我還年輕，
看起來比現在漂亮，
我曾經愛著你；結果怎樣？
在你的心，我有什麼發現？
怎樣的回應？只有冷酷無情。
不是嗎，謙卑少女的愛情
你一點都不覺新鮮？
如今，天啊！熱血化作寒冰，
只要想起當時你冰冷的目光，
還有苦口婆心的教訓……
但我不怪你：那可怕的一刻，
你的行為高貴正直，
你如此對我是有道理，
我全心全意對你表示感激。」

「當時，不是嗎？那兒地遠路遙，
遠離紛紛擾擾的塵囂，
我無法討你歡喜……哪知道，
你今天爲何對我糾纏又圍繞？
何苦將我當作你追求的目標？
是否因爲在上流社會
如今的我不能不拋頭露面？
是否因爲我富貴有名望？
是否因爲我的夫君戰爭受傷，
我們因而受到朝廷的恩寵？
是否因爲我的恥辱
今日可能眾所矚目，
並且爲你在社會上
贏得女性征服者的美名？

8：45

「我哭泣……要是你
至今沒把達吉雅娜忘記，
要知道：我有權利選擇的話，
我寧願選擇你刻薄的責罵，
與冷酷、嚴厲的談話，
更勝過這些眼淚與書信，
還有讓人羞辱的激情。
對於我天眞幼稚的美夢，
當時的你至少還有些憐憫，
對於我的年華至少還有些尊重……
然而，如今！——你在我腳下拜倒，
所爲何事？何其渺小！
你有如此的胸懷與才智，
何苦成爲情感卑微的奴隸？」

8：46

「然而，奧涅金，當前的富貴尊榮
於我卻是讓人生厭的浮雲虛榮，
我在上流社會旋風般的勝利，
我夜夜歡宴與時髦宅邸，
這些有何意義？我很樂意
將這些假面舞會的臭皮囊拋棄，
將所有這些喧嘩、酒醉與亮麗，
換取一櫃的書籍，與庭院的荒草萋萋，
換取寒傖的茅屋瓦舍，
換取昔日的偏僻舊地，
奧涅金，那兒我首次遇見你，
還要換取儉樸的一墳之地，
那兒如今樹木成蔭，十字架豎立，
把我可憐的奶娘護庇……」

「幸福原來是近在眼前，
垂手可得！……豈知，命運弄人。
或許，只能怪自己做事不夠謹慎：
當時，母親老淚縱橫，
對我苦苦哀求；
對於苦命的達吉雅娜，
怎樣的命運都沒什麼兩樣……
於是，我便嫁給這位夫君。
懇求你，你必須離我而去；
我明白：你的心裡
充滿著傲氣與不折不扣的榮譽。
我愛你（我又何必掩飾），
然而，我已經另有所屬，
我必須一輩子對他忠實。」

8：48

她轉頭離去。奧涅金木然而立，
彷彿晴天霹靂，當頭一擊。
此時，他內心百感交集，
彷彿掀起滔天巨浪的暴風雨！
突然，軍靴的馬刺聲響起，
達吉雅娜的丈夫走進，
於是，走筆至此，此時此刻，
對主人翁最狼狽的一刻，
各位看官，我們必須與他道別離，
長長久久……永永遠遠的別離。
夠了，我們一路與他相伴，
天涯海角四處遊蕩。
對你我都可喜可賀，船終於靠岸。
萬歲！（不是嗎？）早該說再見！

不論你是何許人，呵，諸位讀者，
不論是友是敵，如今我願意
與你朋友般，互道別離。
再會吧！你跟著我亦步亦趨，
從我隨手塗鴉的詩篇裡，
無論你尋求騷動不安的回憶，
或是辛勤勞動之餘的休憩，
或是生動的寫照，或是尖銳的話語，
或是文法的瑕疵，
上帝保佑，但願從本書裡，
滿足想像或者歡娛，
滿足心靈或者雜誌的爭議，
你多少有所獲，就算一顆米粒。
爲此互道珍重，從此各奔東西。

8：50

再會吧，還有你，我古怪的旅伴，
還有妳，我忠實的典範，
還有你，活靈活現，與我常相伴，
雖然只是小小的作品一篇。
你我知曉詩人讓人稱羨的一切：
塵世的暴風雨中，將生活忘卻，
還有新知舊友促膝長談的喜悅。
好多時日已經飛馳而去，
自從朦朦朧朧的夢裡，
我首次見到青春的達吉雅娜
與奧涅金出現在一起——
當時，小說情節仍屬開放，
即使透過水晶球眺望，
我仍看不清故事的展望。

想當年，在親朋好友的聚會，
聽我朗讀開篇的那些人，■
如今，有的在天涯，有的成鬼魂，
正如薩迪曾經所言。■
奧涅金描繪完畢，他們邈不可聞。
至於，她人安在？我以她的模樣
刻畫達吉雅娜的迷人典範……
唉，命運弄人知多少！
有人眞是好福氣：
他們會把人生饗宴早拋棄，
他們不把人生美酒乾到底，
他們不把人生小說讀完畢，
驀然，毫不留戀，與它道別離，
正如我遠離我們的奧涅金而去。

■普希金這裡指的是那些參與一八二五年十二月黨人起義的好友。起義失敗後，這些人有的被流放，有的送上斷頭臺。

■薩迪（Sadi），十三世紀波斯詩人。

普希金原注

1:2 創作於比薩拉比亞（Бессарабия）。

1:4 Dandy，即花花公子。

1:15 一種叫 à la Bolivar 的帽子。

1:16 鼎鼎大名的飯店老闆。

1:21 恰爾德・哈羅德才會如此冷場。狄德洛的芭蕾舞劇充滿鮮活的想像與非凡的魅力。我們有位浪漫作家發現，狄德洛的芭蕾舞劇遠比所有法國文學都來得有詩意。■

1:24 「大家都知道，他常常擦粉；起初我完全不信，後來我開始接受這種說法，不只是因爲他要改善臉色，或者是我發現他的梳妝台上有幾瓶香粉，而且還因爲有天早晨，我到他房裡，剛好撞見他正用特製的小刷子清理指甲，並且當著我的面，得意洋洋地繼續做。我斷定，一個人每天早晨要消耗兩個鐘頭清理指甲，自然會花幾分鐘擦粉，

■ 恰爾德・哈羅德，英國詩人拜倫的長詩《恰爾德・哈羅德遊記》的主角。

好掩飾皮膚的瑕疵。」（《懺悔錄》，盧梭）

1:42 這一整節的諷刺詩其實是在對我們美好的女性同胞做巧妙的讚美。布阿洛便如此假裝責備地頌揚路易十四。我們的女士們將教養、禮節、嚴格的貞潔，以及讓斯達爾夫人著迷的東方美熔於一爐。（參看《流亡十年》）

1:47 讀者都還記得格涅季奇在牧歌裡對迷人的彼得堡之夜的描寫：

夜色降臨；但那一抹金色的雲彩並未黯然逝去。
不見星辰，不見月色，遙遠的天際一片明亮。
遠方的海邊，隱隱可見幾艘大船
揚起銀光閃閃的風帆，好似翱翔在藍天。
夜空閃耀著永不熄滅的光芒，
晚霞的紫紅與東方的金黃交織成一片：
好似朝霞緊跟在黃昏後，帶來

以上引文之原文為法文。

布阿洛（Nicolas Boileau-Despréaux, 1636-1711），法國詩人，曾任路易十四的史官。斯達爾夫人（Madame de Stael, 1766-1817），法國女作家，浪漫主義先驅，曾遭拿破崙放逐，流亡國外。《流亡十年》是她的自傳作品。

格涅季奇（Николай ИвановичГнедич, 1784-1833），俄國詩人。

嫣紅的晨光。那是金黃的時光，
好似夏天的白晝篡奪黑夜的王國；
好似陰影與柔美的光線
神奇地結合在北方的天空，
擄獲異鄉人的目光，
如此光景未曾點綴在正午的天空；
那樣清新，就像北方少女的風采，
蔚藍的雙眸與緋紅的兩頰
半掩在綹綹淡褐色秀髮的波浪裡。
那時涅瓦河與華麗的彼得堡天空
只見黃昏不見暮色，匆匆夜晚不見陰影；
那時菲羅墨菈剛結束午夜的歌唱，■
悠揚的歌聲又將升起，迎接東方的曙光。
但時辰已晚；涅瓦河畔的凍土吹來一陣清涼，
灑下露珠點點；…………

■菲羅墨菈（Philomela），希臘神話中雅典國王潘狄翁之女，後被天神宙斯變為夜鶯。

午夜時分：傍晚時千百隻船槳啪啪作響的涅瓦河，
此時水波不興；城裡來的遊客各自散去；
岸上人聲不再，水面漣漪不起，萬籟俱寂；
只有橋上的喧囂偶爾掠過水面；
只有遠方村莊傳來拖著長音的吆喝，
那兒哨兵的口令互相在夜裡應答。
一切都沉入睡夢中。……………

1:48 真真切切看見含情脈脈的女神，
詩人狂喜不已，
倚靠花崗岩而立，
消磨整個不眠的夜。
（《致涅瓦河女神》，穆拉維約夫）

1:50 創作於敖德薩。

1:50 參見《葉甫蓋尼・奧涅金》第一版。

2:12 引用自《第聶伯河的美人魚》第一部。

第一版原注：作者母系先人來自非洲。外曾祖父阿勃拉姆・彼得羅維奇・漢尼拔於八歲時先受人拐騙送到君士坦丁堡，後販賣給駐當地俄國公使。俄國公使將其進貢給彼得大帝。漢尼拔經歷一段軍旅生活，於凱薩琳女皇時位居陸軍大將，於九十二歲過世。

2:24 ■ 最是悅耳動聽的希臘名字，例如阿加豐（Агафон）、斐拉特（Филат）、菲多拉（Федора）、菲克拉（Фекла）等，只採用於平常百姓之家。

2:30 ■ 格蘭狄生與洛夫萊斯，兩部著名小說中的主角。

2:31 ■「如果我糊裡糊塗地相信幸福的存在，那我會在習慣裡尋找。」（夏多布里昂）■

2:37 ■「可憐的尤里克！」，這是哈姆雷特對著一位小丑的骷髏的嘆息。（參見莎士比亞與斯特恩）■

3:4 ■ 在前一版本中，「往家飛奔」誤刊為「在冬天裡飛奔」（這毫無意義）。豈知有批評家對此不查，卻一味在以下幾篇詩節中探索時間的錯置。我們斗膽保證，本小說中的時間完全依照日曆安排。

■ 原為法文，引用自法國浪漫主義文學創始人夏多布里昂（François-René de Chateaubriand, 1768-1848）的中篇小說《勒內》（René, ou les Effets des passions, 1802）。

■ 尤里克是莎士比亞（William Shakespeare, 1564-1616）的悲劇《哈姆雷特》（Hamlet, 1599-1602，確切時間不明）中的一位善良小丑。斯特恩（Laurence Sterne, 1713-1768），英國小說家，曾以尤里克為筆名。

■ 茱麗葉・芙爾瑪（Julie Wolmar），法國著名作家暨思想家盧梭（Jean-Jacques Rousseau, 1712-1778）的小說《新愛洛綺絲》（Julie, or the New Heloise, 1761）中的女主角。科坦夫人（Mme Cottin, 1770-1807），法國女作家，馬列克・阿戴爾（Malék-Adhél）是她小說《馬蒂爾德》（Mathilde, 1805）中的男主角。克呂德納男爵夫人，全名是 Baroness Barbara Juliane von Krüdener（1764-1824），小說家，出生於波羅的海地區的利沃尼亞（Livonia，

3:9 茱麗葉・芙爾瑪——新愛洛綺絲。馬列克・阿戴爾——科坦夫人一部平庸小說中的男主角。古斯塔夫・德・林納爾——克呂德納男爵夫人筆下一部美妙中篇小說的主人翁。

3:12 《梵派爾》——中篇小說，一直都誤傳是拜倫爵士之作。《梅爾莫斯》——馬圖林的天才作品。《斯波加爾》——卡爾・諾笛葉的著名長篇小說。

今天的拉脫維亞）的里加。古斯塔夫・德・林納爾是她的小說《瓦列里》（Valérie）中的人物。

梵派爾（Vampire），英國作家兼醫生波利朵里（Johan Wliilam Polidori, 1795-1821）的小說《梵派爾》（The Vampyre, 1819）中的主人翁，是一名吸血鬼。這部作品是近代首部的吸血鬼小說，因此梵派爾後來也被用作普通名詞，表示吸血鬼。梅爾莫斯（Melmoth），愛爾蘭劇作家兼小說家馬圖林（Charles Robert Maturin, 1782-1824）的小說《漫遊者梅爾莫斯》（Melmoth The Wanderer, 1820）中的主人翁。《斯波加爾》（Jean Sbogar, 1818），法國作家查理・諾地埃（Charles Nodier, 1780-1844）的小說。斯波加爾是小說中的主人翁。

3:22 「你們永遠別指望，你們這些走進來的人。」我們謙遜的作者僅僅譯出這句名詩的前半。

3:27 由已故的伊茲瑪依洛夫所發行的雜誌，常不準時出刊。有一次出版者刊登啓事，向讀者道歉，表示他於節日期間「出門遊玩」。

3:30 這裡指巴拉登斯基。

4:41 不少雜誌紛紛表示訝異，豈能把普通的農家女稱作「少女」（Дева），卻貶低貴族小姐，稱作「丫頭」（Девчонки）。

本句在原文中為義大利文，引自義大利詩人但丁（Dante Alighieri,1265-1321）的《神曲・地獄篇》（Divine Comedy: Inferno, 1308-1320）。

伊茲瑪依洛夫（А. И. Измайлов, 1779-1831），俄國作家。他於一八一八年至一八二六年間，以「俄國語文愛好者自由協會」（Вольное общество любителей русской словесности）主席身份發行《好心好意》（Благонамеренный）雜誌，有時是月刊，有時是週刊，有時又是好幾期合併出刊。一般讀者對它評價不高。

巴拉登斯基（Евгений Абрамович Баратынский, 1800-1844），俄國詩人，普希金的好友。哀詩《酒宴》（Пиры, 1820）是他的代表作之一。

4:42 ■「這裡是說，」我們一位批評家指出，「孩子們正穿著冰刀溜冰。」正是此意。■

4:45 ■在那美好的歲月我陶醉於充滿詩意的「愛伊」，爲的是那絲絲作響的的泡沫，它像似夢幻的愛情，或是狂熱的青春，等等。（給列・普的信）■

4:50 ■拉封丹（August Lafontaine, 1758-1851），德國作家，創作很多關於家庭生活的小說。

5:3 ■見維亞澤姆斯基公爵的詩作《初雪》（Первый Снег）。

5:3 ■見巴拉登斯基的作品《愛達》對芬蘭冬天景致的描寫（Эда）。

5:8 ■公貓呼喚母貓到爐子上睡覺。這是姻緣的預兆；前一首曲調則預言死亡。

5:9 ■見用此方法可以獲知未來新郎官的名字。

■普希金在此答覆某雜誌對《葉甫蓋尼・奧涅金》的評論。

■「愛伊」（Аи），一種法國香檳酒，此名稱源於法國北方一個小鎮的地名。「列・普」指的是「列夫・普希金」，也就是《葉甫蓋尼・奧涅金》作者普希金的弟弟。

5:17

雜誌上有人批判「鼓掌」（хлоп）、「人聲」（молвъ）、「馬蹄」（топ），認爲這是作者不成功的新創詞。其實這些詞是道道地地的俄語。「波瓦走出帳篷乘涼，忽聽得曠野上人聲嚷嚷、馬蹄達達」（《波瓦王子的故事》）。至於「拍手」（хлоп）一詞在俗語中用以代替「鼓掌」（хлопание），正如「噝噝聲」（шип）代替「吱吱聲」（шипение）：他發出噝噝聲，就像毒蛇吐信」（俄羅斯古詩）。我們不該妨礙使用我國豐富又優美語言的自由。我們不該妨礙使用我國豐富又優美語言的自由。

5:20

有位評論家似乎從這幾行詩句中發現什麼不得體的東西，這讓我們無法理解。

5:22 我們這些占卜書是由馬丁・扎德加的公司出版。他是一位可敬的人，但正如費多羅夫（Б. М. Фёдоров）所言，他從未寫過任何的占卜書籍。

5:25 這裡戲擬羅曼諾索夫詩歌名句：■

朝霞嫣紅的手

從早晨寧靜的海面探出，

把太陽帶在身後，——等等。

5:26 我布雅諾夫，我的鄰人，

・・・・・・・・・・

昨日來到我家門，鬍鬚不刮，

披頭散髮，穿著細絨襖，戴著鴨舌帽……

（《危險的鄰人》）■

5:28 我們有些評論家對美麗女性同胞的崇拜是非常忠誠，因此大肆指摘本詩句有失敬之處。

6:5 維拉，巴黎一家飯館的老闆。

■ 羅曼諾索夫（М. В. Ломоносов, 1711-1765），俄國著名科學家、語言學家暨詩人，莫斯科大學創立者。

■《危險的鄰人》（Опасный сосед）是普希金的伯父，瓦西里・普希金（Василий Л. Пушкин, 1766-1830）的詩作。本詩辛辣、有趣，在當時廣為流傳。布雅諾夫是本詩中的人物。普希金在《葉甫蓋尼・奧涅金》中稱他為堂兄弟，其實只是戲稱，不能當真。

6:11 俄國外交官、詩人暨劇作家格里鮑耶朵夫（А. С. Грибоедов, 1790/1795-1829）的詩句。

6:25 列帕薩（Jean Lepage, 1779-1822），巴黎著名的造槍師傅。

6:46 本書第一版中，第六章結局如下：

而妳，年輕的靈感，
請妳掀動我想像的波瀾，
從渾沌中喚醒我的心靈，
請常飛臨我的棲身之地，
別讓詩人之心失去熱力，
變得冷酷，變得無情無義，
最後，化爲一塊頑石，
在這塵世醉生夢死的歡暢，
到處是沒心沒肺的驕傲漢，
到處是衣冠楚楚的大笨蛋，

*

到處是奸滑狡詐、缺乏意志、
任性乖張、嬌生慣養的膏粱子弟，
還有荒謬、無聊的惡漢，
昏庸無能、糾纏不休的法官，
滿嘴上帝的風騷女郎，
卑顏屈膝的奴才，
在那時髦的日常生活舞台，
到處是彬彬有禮、甜言蜜語的出賣，
到處是冷冰冰的街談巷議，
與翻臉無情的的閒言閒語，
人們老謀深算，言語無趣，
勾勒一片心灰意冷的空虛，
這無底的漩渦，親愛的朋友，
你我都在其中沉沉浮浮！

7:4 列夫申（Василий А. Левшин, 1746-1826），一系列農業方面著作的作者。

7:34 我們的道路像花園，賞心悅目：
林木蔥鬱，綠草鋪蓋土堤，還有溝渠；
費了多少功夫，贏得多少美譽，
只可惜車馬時常無法通行。
排排綠樹宛如哨兵站崗，
對於路客卻少有利益；
有人說，道路修得眞不錯——
讓人想起詩歌一句：爲了路人的便利！
俄羅斯車馬暢行無阻
只有兩種情況：
當我們的馬克·亞當或是馬克·夏娃，
也就是冬天，呼嘯而過，怒氣大發，
發動毀滅性的突襲，

馬克·亞當（Мак-Адам, 1756-1836），英國道路工程師，發明碎石馬路。這裡，馬克·亞當或馬克·夏娃（Мак-Ева）都用以表示俄國的冬天。作者在此嘲諷俄國的道路平常都是坑坑窪窪，只有在冬天冰雪過後才見平坦。

用寒冰鐵甲鋪蓋道路，
初雪再灑下鬆軟的沙粒，
掩埋它留下的足跡。
或者，燠熱難當的乾旱
侵襲我們的田地，
那時就連蒼蠅瞇著眼睛，
都能涉過我們的窪地。

（《驛站》，維亞澤姆斯基公爵）

7:35

本比喻借用自K先生，此人以詼諧的想像力著稱。K先生描述，他曾經受波喬姆金公爵之託，專程送信給女皇，他的馬車快速飛馳，而他的配劍一頭露在車外，一路敲打著路標，好似敲打著柵欄。

8:6

Rout，一種沒有跳舞的晚會，特指人群喧囂的聚會。

附錄

奧涅金旅遊的片段

《葉甫蓋尼．奧涅金》的末章原本單獨出版，並附有序言如下：

「省略的詩篇曾多次招致批判與嘲笑（其實，這些批判與嘲笑都極其公正與風趣）。作者坦承，他從小說刪除了整整一章，其中都是描寫奧涅金在俄羅斯各地的旅行。省略的章節原可用虛線與數字表示；但爲避免議論，他決定最好還是將《葉甫蓋尼．奧涅金》的末章列爲第八章，而非原定的第九章，並犧牲結尾幾節詩的這一段：

時候到了：我的筆要求休息，
九章的詩歌我已經寫畢；
第九排的巨浪把我的船隻■
送到彼岸，那兒讓人歡天喜地——
啊，讚美妳們，九位嘉美娜，等等。」■

■第九排的巨浪（Девятый вал）表示：最凶險的巨浪。根據有些民族古老的傳說，海上起風暴時，第九排的巨浪最高、最凶險、最致命。在俄國文學與藝術中，第九排的巨浪常用於轉意，表示驚濤駭浪般的致命凶險。

■嘉美娜（Camenae），羅馬神話中掌管文學與藝術的九位女神。

卡傑寧（在詩歌方面具卓越的才華，但並未因此妨礙他成爲明察秋毫的評論家）向我們指出，如此刪節或許對讀者有利，但是對作品整體結構卻有害，因爲達吉雅娜從鄉村小姐到名媛貴婦，其間的轉變過於突兀，讓人難以理解。這是一位經驗豐富的藝術家發表的高見。作者本人認爲，這項意見極其公正，然而還是毅然決然略去這一章，眞正的原因是爲自己，而非爲讀者著想。本章的某些片段曾經付印，我們抄錄於此，並添加若干詩節。■

奧涅金從莫斯科來到下諾夫哥羅德：

……眼前，
馬卡列夫集市人潮熙熙攘攘，■
人聲沸騰中顯示豐饒的物產，
印度人把璀璨的珍珠運來，

■卡傑寧（Павел Александрович Катенин, 1792-1853），俄國詩人、劇作家、文學批評家暨翻譯家。

■馬卡列夫（Макарьев），全稱是馬卡列夫市集（Макарьевская ярмарка），又稱下諾夫哥羅德市集（Нижненовгородская ярмарка），每年俄國舊曆七月間舉行，於十七世紀至十八世紀初是俄國最大的市集。原來的地點是位於距下諾夫格羅德八十八公里處伏爾加河岸的馬卡列夫修道院（Макарьев монастырь）旁，市集最初出現於十六世紀中葉，由於交通便利，又接近歐亞交接處，除俄國各地的商人，還有來自高加索、中亞、伊朗、印度等地的商人在此於雲集，進行歐亞貨品以物易物的交易。此市集於一八一六年八月發生大火，於是在一八一七年遷至下諾夫格羅德。馬卡列夫市集於一九二九年起停止運作。

歐洲人的美酒全是冒牌，
牧場主人從草原趕來
一群劣馬，兜售叫賣，
賭徒隨身攜帶一副副紙牌，
玩起骰子眞是厲害，
地主帶來適婚的閨女，
閨女的打扮都已過時。
人流奔忙，人聲喧囂，
偷斤減兩，錙銖必較。

*

苦悶啊！……

奧涅金來到阿斯特拉罕，由此再到高加索。

他眼見：捷列克河恣意任性，■
猛烈地沖擊陡峭的河岸，
遨翔著老鷹，顧盼自雄，
麋鹿低垂犄角在眼前；
駱駝躺在懸崖的陰影中，
切爾克斯馬奔馳草原上，
圍繞著游牧民族的篷帳，
卡爾梅克人放牧成群的綿羊，
遠處——矗立高加索的群山：
通往群山的大道已開放。
戰爭打開天然的屏障，
跨越天險的阻攔；
阿拉瓜河與庫拉河的沿岸■
凝視著俄羅斯大軍的篷帳。

■捷列克河（Терек），高加索地區的河流。
■阿拉瓜河（Арагва）與庫拉河（Кура），位於高加索山區的兩條河流。

＊

別什圖山的尖頂高聳入天，
永恆地守護著廣大的荒原，
矗立在山巒層疊的懷抱間，
還有綠意盎然的瑪蘇克山，■
山間流淌治癒百病的水泉；
神奇山泉的周圍人潮洶湧，
都是面色蒼白的病人；
有的爲了尊嚴在戰爭中受難，
有的患痔瘡，有的爲塞普里斯；■
病人皆想在奇蹟般的水波間，
牢牢地維繫自己的生命之線，
告別罪惡年代的風塵女郎，
想把羞辱在水底深深埋藏，

■別什圖山（Бешту）與瑪蘇克山（Машук），高加索南部兩座著名的高山。

■塞普里斯（Киприда），英文是Cypriote，也就是Cyprus，是希臘神話中愛與美的女神阿佛洛狄忒（Афродита）的別名。塞普里斯也等於羅馬神話中愛與美的女神維納斯（Венера）。維納斯也是掌管生育與航海的女神。

老人尋找青春，那怕是瞬間。

＊

身處悲哀的人群之間，
滿懷愁腸，思潮洶湧，
奧涅金眼帶悔恨，
凝視霧氣繚繞的山泉，
兀自沉思，惆悵間陷入迷茫：
何以不讓子彈打傷我的胸膛？
何以我不是病入膏肓的老漢，
就像這位可憐的稅捐代收人？
何以我不像圖拉的陪審官，
四肢癱瘓，臥病在床？
何以我的肩膀不病不痛，

即使是一點痛風的症狀？——
啊，造物主！我年輕力壯，
我的身上生命充滿；
但，我能期待什麼？苦悶呀，苦悶！……

*

之後，奧涅金造訪塔夫利達：■
那地方因想像而神聖：
那兒，奧瑞斯特與畢拉德有過爭論，■
那兒，米特里達特戰敗，自殺身亡，■
那兒，米茲凱維奇詩興大發，高歌吟唱，■
並躑躅於海岸岩石之間，
追憶立陶宛的故鄉。

■塔夫利達（Таврида），克里米亞半島的別名。

■奧瑞斯特（Orestes）與畢拉德（Pylades），希臘神話中的兩位好友。奧瑞斯特是希臘聯軍統帥亞卡曼儂（Agamemnon）的兒子。亞卡曼儂因決定出兵特洛伊，而得罪女神阿爾特彌斯（Artemis），亞卡曼儂決定將活人送上祭壇，以平息阿爾特彌斯的憤怒。奧瑞斯特與畢拉德之間發生激辯，二者何人應做為祭壇上的犧牲，其實二人內心都不願意。最後，成為祭壇供品的竟然是奧瑞斯特的妹妹伊菲姬妮亞（Iphigenia）。

■米特里達特（Mithridates），黑海東南岸彭都（Pondus）王國的國王。於紀元前 63 年，與羅馬大軍作戰，最後兵敗自殺。

■米茲凱維奇（Adam Mickiewicz, 1798-1855），出生於立陶宛的波蘭偉大詩人，在波蘭的地位猶如歐洲的拜倫或哥德。普希金於 1820 年遊歷克里米亞其間，曾造訪疑似米茲凱維奇

*

妳多麼美啊，塔夫利達海岸，
當我眺望妳，從船上，
迎著晨曦中的塞普里斯星，■
彷彿與妳初次的相逢；
妳以婚禮的亮麗呈現我眼前：
映襯著蔚藍、澄淨的天空，
妳群山巍巍，散發光彩，
山谷、綠樹與山寨，
如畫的景色在我眼前展開。
而那裡，韃靼人的茅舍羅列成排……
炙熱的火焰甦醒在我的情懷！
豈知，憂愁擁有魔力，如鬼怪，

的墓地。

■ 塞普里斯星（Киприда），即是金星（Венера）。神話中，塞普里斯即是女神維納斯。維納斯另有金星之意。

擠壓著我火焰般的胸懷！
然而，繆斯啊！請把過去忘懷。

＊

當時隱藏心中的多少情感，
如今都已煙消雲散：
有的無影無蹤，有的幾經不變……
你們安息吧，往日歲月的恐慌！
在那些歲月，我似乎需要荒原，
還有珍珠般的浪花翻騰的地方，
還有巨石嶙峋與大海喧嚷，
還有天之驕女，我心中的理想，
還有無以名狀的磨難……
然而，歲月更迭，夢境變換；

我春天華麗的夢幻，
如今的妳歸於平淡，
酒杯裡洋溢的詩意，
摻和著多少的白水。

*

如今，我想要不一樣的畫面：
我愛砂土的山坡，
木屋前兩株花楸樹、
一扇小門、殘破的籬笆，
空中是灰色的浮雲朵朵，
打穀場前面是麥草垛垛，
楊柳的濃蔭下一泓池水，
小鴨倘佯池上，逍遙自在；

如今，我喜歡三弦琴的聲音，
還有特列帕克舞的踢踏聲，■
踢踏聲醺醺然，來自酒館的門前。
如今，我的理想是家有賢妻，
我的願望是生活安逸，
還要一碗白菜湯，還要當家作主。

*

前兩天陰雨連綿，
我順路走進牲畜棚……
呸！這些胡言亂語毫無詩意，
法蘭德斯畫派光怪陸離的垃圾！■
在那青春歲月，莫非我也是如此？
告訴我，巴赫奇薩拉伊噴泉！

■ 特列帕克舞（трепак），古俄羅斯一種快速頓足的民間舞蹈。

■ 法蘭德斯畫派（Flemish painting），十五世紀初至十七世紀間盛行於古代尼德蘭南部地區法蘭德斯（荷蘭語 Vlaanderen）的畫派，特色是描繪形形色色的庶民生活，人物生動活潑，色彩鮮明。代表人物有魯斯本（Peter Paul Rubens, 1577-1640）、凡戴克（A Van Dyck, 1599-1641）等。傳統上的法蘭德斯包括今天的比利時西部、荷蘭南部與法國北部。

妳終年不息的嘩嘩水聲
在我腦海勾起如此的思想，
當我來到空曠的華麗殿堂，
默默佇立在妳的面前，
構思著莎萊瑪的形象……■
追隨我的腳步，過了三年，
奧涅金漂泊到同個地方，
他曾經把我懷念。

*

那時，我居住的敖德薩塵土飛揚，
那兒，常常是萬里晴空，
那兒，貨物豐饒，生意興隆，
大大小小的商船進出頻繁；

■巴赫奇薩拉伊噴泉位於克里木汗王宮，普希金敘事詩《巴赫奇薩拉伊噴泉》（Бахчисарайский фонтан, 1821-1823）對此有作過相關的描寫。莎萊瑪（Зарема），本敘事詩的女主角之一，汗王的妻子，多疑善忌。

那兒，空氣中飄散歐洲的味道，
南國的光彩無時不閃耀，
五花八門的風格無處不活躍。
黃金般的義大利語言繚繞
在人聲歡鬧的街道，
那兒走動的斯拉夫人一臉驕傲，
西班牙、亞美尼亞的人也來到，
還有希臘佬與法國佬，
有個摩爾達維亞人，笨手笨腳，
有個土生土長的埃及佬——
摩拉里，是金盆洗手的海盜。■

*

屠曼斯基，我的朋友，■

■摩拉里，埃及人，普希金在敖德薩結交的朋友，據說曾經是海盜。

■屠曼斯基（В. И. Туманский, 1800-1860），小有名氣的詩人，任職於敖德薩總督府，是普希金的朋友。他寫過名為《敖德薩》的詩篇。

用鏗鏘的詩句描寫敖德薩，
然而，那時候的他
以偏頗的視角作觀察。
他是正直的詩人，
到此一遊，漫步在海邊，
隨身攜帶長柄望遠鏡——
然後，生花妙筆作文章，
大肆歌頌敖德薩的花園。
一切都美好，可是眞實的畫面：
四周是一片荒涼的草原；
不久前才有勞動成果的出現，
栽種幾株稚嫩的樹木，
烈日下勉強投射稀疏的陰影。

*

我扯東扯西，故事到底說到哪裡？
噢，我說到塵土飛揚的敖德薩。
要是我說：泥濘的敖德薩——
說眞的，我並沒有說謊話。
由於宙斯暴風雨般的旨意，
敖德薩一年有五、六個星期，
攔截在堤壩裡，或者泡在洪水裡，
總是深深地陷入爛泥。
家家戶戶深入泥濘，達一俄尺。
行人只有踩著高蹺，
才敢涉水在街上，來來去去；
馬車連人遭水淹，或困在泥沼裡，
公牛代替瘦弱的馬匹，
垂下犄角，拖動著敞篷馬車。

＊

然而，榔頭已經敲擊著石頭，
城市很快就會獲得解救，
即將鋪設回音響亮的馬路，
猶如披上鐵鑄的甲冑。
但是，水氣重的敖德薩，
還是有一個缺陷很重大；
你們認爲是啥？——缺少淡水。
爲了淡水，沉重的勞力得耗費……
啥？這無須太過發愁，
尤其這時候，當各色美酒
不用納稅也可源源地進口。
何況有南國的太陽，有海洋……
你們還要啥，朋友？

這地方受到上帝的庇佑！

*

每當船艦響起轟隆的火砲，
通報黎明的來到，
我從陡峭的海岸往下奔跑，
投奔大海的懷抱。
鹹鹹的海浪讓我精神抖擻，
點燃一根燒紅的煙斗，
帶渣的東方咖啡一口接一口，
猶如天堂讓穆斯林任遨遊。
接著，我隨興遊走在街頭。
開門營業是好客的 Casino；■
傳來叮咚聲響是杯觥交錯；

■ Casino，義大利語，表示賭場，或有提供音樂、跳舞、餐飲、賭博的娛樂場。

檯球計分員往陽台行走，
一副睡眼惺忪，手持掃帚，
兩位商賈會面在門口。

*

放眼眺望——讓人目不暇給的廣場，
生氣盎然，左看右看，
熙熙攘攘，有人辦事，有人瞎忙，
不過，大多還是有事奔忙。
有人善於計算，富於冒險，
商人前來探看貨船的旗幡，
打聽老天爺是否如人所願，
送來他們熟悉的船帆。
打聽哪些船貨大不幸，

今天到貨，卻送進檢疫站？
酒桶抵達否？他們是久已期盼。
瘟疫如何？哪裡有火警？
是否有戰爭？是否有飢饉？
或者諸如此類的新聞？

*

周圍的商人操心於生意，
我們卻是無憂無慮的子弟，
一心只是念茲在茲
來自君士坦丁堡海岸的牡蠣。
啥，牡蠣？來了！天大的喜事！
四方的年輕饕客飛奔而至，
撥開貝殼，大快朵頤，

輕輕地灑點檸檬汁，
鮮美的海產肥滋滋。
喧囂，爭吵，淡酒的味道——
多虧是奧頓殷勤的效勞，[1]
桌上的美酒一瓶瓶地來自地窖；
不覺中，時間分分秒秒地流逝，
往上跳躍是酒帳可怕的數字。

*

然而，藍色的傍晚已漸漸變黑，
時間已到，我們趕去看歌劇：
上演的是讓人迷醉的羅西尼，[2]
他是歐洲的寵兒，今日的奧菲斯。[3]
他從不理會嚴厲的抨擊，

[1] 奧頓（Отон），當時敖德薩一家著名餐館的老闆。

[2] 羅西尼（Gioachino Rossini, 1792-1868），義大利著名歌劇作曲家。

[3] 奧菲斯（Orpheus），希臘神話裡善彈豎琴的名手，他的琴聲可以讓猛獸俯首，頑石點頭。

永遠保持清新，扮演自己，
歌聲傾瀉，如浪翻滾，
歌聲奔竄，如火滾燙，
又如青春年少的熱吻，
充滿歡愉，燃燒愛的火焰，
再如滋滋作響的「愛伊」香檳，
細流涓涓，泡沫滾滾，金光閃閃……
但是，各位看官，是否同意
拿美酒作爲 do-re-mi-sol 的比喻？

*

難道那兒的魅力僅止於此？
那長柄眼鏡穿梭搜尋所爲何事？
還有後台的幽會？

還有 prima donna？還有芭蕾？■
還有包廂裡豔光四射的美女？
——那是年輕的商人婦，
顯得慵懶又自負，
身邊圍繞一群的奴僕。
對於他人懇求，對於獨唱短曲，
對於半似玩笑半似諂媚的話語，
她似聽非聽，愛理不理……
而丈夫——在身後的角落打瞌睡，
迷迷糊糊中也會大聲喝采，
然後打聲呵欠——鼾聲再起。

*

終曲響起，大廳漸漸空蕩；

■ prima donna，義大利文，意指女主角。

喧嘩聲中，人潮匆匆離場；
藉著街燈火光與點點星光，
人群紛紛蜂擁向廣場，
幸福的奧索尼亞的子民■
輕輕地哼著歡樂的歌聲，
他們牢記曲調輕鬆而自然，
我們的吟誦調卻是大聲嚷嚷。
不過，夜深沉。敖德薩已入夢；
靜謐的夜無聲無息又溫暖，
一輪明月悄然升起，
透明的輕幔籠罩著蒼穹。
宇宙間萬籟俱寂，
唯有黑海喧囂不息……

＊

■奧索尼亞（Ausonia），義大利的古名。奧索尼亞原意是義大利古代的民族之一。

如此這般，我當時住在敖德薩……

第十章

既懦弱又狡猾的執政者，■
禿頭的紈袴子弟，勞動的仇敵，
意外受寵，竊取榮譽，
那時騎在我們頭上，當起皇帝。
· · · · · · · · · · · ·
· · · · · · · · · · · ·
· · · · · · · · · · · ·
· · · · · · · · · · · ·
· · · · · · · · · · · ·
· · · · · · · · · · · ·
· · · · · · · · · · · ·
· · · · · · · · · · · ·
· · · · · · · · · · · ·
· · · · · · · · · · · ·

■ 指沙皇亞歷山大一世（Александр I Павлович, 1777-1825），於一八〇一至一八二五年間擔任俄國沙皇。他的祖母是凱薩琳女皇，父親是保羅一世，祖母與父親不和。亞歷山大一世從小受祖母教養成人，與父親疏離。保羅一世於一八〇一年遭彼得堡總督彼得·帕愣暗殺刺死。據說，亞歷山大一世對於彼得·帕愣的預謀事先知情。

他的馴服、恭順人盡皆知，
當時在波拿巴的大營裡，■
拔除雙頭鷹的翎羽，■
動手的可不是我們的廚子。
. . . .
. . . .
. . . .
. . . .
. . . .
. . . .
. . . .
. . . .
. . . .

■波拿巴，指的是法國拿破崙一世，完整的姓名是拿破崙・波拿巴（Napoléon Bonaparte, 1769-1821）。

■雙頭鷹（двуглавый орёл），沙皇時代俄國國徽，這裡象徵俄國。這裡指的是俄國一八〇五年的奧斯特里茨（Аустерлиц）戰役、一八〇六至一八〇七年的弗里德蘭（Фридланд）戰役，都是與法國拿破崙的軍隊作戰，兩次俄軍都慘敗。其中，第一次是由亞歷山大一世御駕親征，結果俄軍損失四分之一兵力，戰死二十位將領，沙皇本人倉皇逃回國內。一八〇七年俄軍戰敗後，亞歷山大一世與拿破崙簽訂對俄國具屈辱性的和約。

一八一二年，風暴來襲——■
誰幫助我們抵抗強敵？
是人民排山倒海的怒氣、
巴克萊、冬雪、還是俄國的上帝？■
············
············
············
············
············
············
············
············
············
············

■這裡指一八一二年的俄法戰爭，拿破崙揮軍入侵俄國。

■巴克萊（Михаил Богданович Барклай-де-Толли, 1761-1818），俄國將領，1812 年俄法戰爭的英雄。

還是上帝的保佑——怨氣漸息，
沒過多久，由於大勢所趨，
我軍長驅直入到巴黎，■
俄國沙皇在各國王間呼風喚雨。
. . . .
. . . .
. . . .
. . . .
. . . .
. . . .
. . . .
. . . .
. . . .

■一八一四年三月，俄國、普魯士、奧地利聯軍占領巴黎，拿破崙被迫退位。

人愈是肥胖，愈是遲鈍。
呵，我們俄國人眞是愚蠢，
告訴我，爲何你如此這般
············
············
············
············
············
············
············
············
············
············
············

「或許」——這是我們人民的通關密語，■
我本想吟詩作對，歌頌這個詞語，
豈知，蹩腳詩人，一位貴胄子弟，■
已經搶先我一步下筆
. . . .
大海落入阿爾比昂的手裡 ■
. . . .
. . . .
. . . .
. . . .
. . . .
. . . .
. . . .
. . . .

■ 普希金認為，「或許」（авось）是俄國人的口頭禪，是俄國民族的標誌。

■ 「蹩腳詩人，一位貴胄子弟」指的是多爾哥魯基（И. М. Долгорукий, 1764-1823），他寫了一首詩，叫《或許》（Авось）。

■ 阿爾比昂（Albion），英格蘭的舊稱。

或許，偽君子忘記收取地租，
自己關進修道院，表示懺悔，■
或許，尼古拉將會把手一揮，
讓西伯利亞往自己家庭回歸■
. . . .
或許，他們會好好修復馬路
. . . .
. . . .
. . . .
. . . .
. . . .
. . . .
. . . .
. . . .

■研究者認為，作者在此嘲諷亞歷山大一世時代的教育部長戈里曾（Александр Николаевич Голицын, 1773-1844）。戈里曾，政治家，篤信宗教，深得亞歷山大一世寵信，於一八一六至一八二四年間擔任教育部長。

■沙皇尼古拉一世（Николай I Павлович, 1796-1855），於一八二五年即位，不久發生「十二月黨人」起義事件。有的十二月黨人被處死，有的被流放西伯利亞。普希金以俄國人的口頭禪「或許」嘲諷，有人期待尼古拉一世大赦流放西伯利亞的十二月黨人，讓他們回家，不啻痴人說夢話。

命運的英雄，好戰的浪子，
各國君主曾對他卑躬屈膝，
這位獲得教皇加冕的騎士，
宛如朝霞的影子，悄悄消逝，■
· · · · · · · · · · · ·
苦刑般折磨他的是孤寂■
· · · · · · · · · · · ·
· · · · · · · · · · · ·
· · · · · · · · · · · ·
· · · · · · · · · · · ·
· · · · · · · · · · · ·
· · · · · · · · · · · ·
· · · · · · · · · · · ·
· · · · · · · · · · · ·

■本節描寫拿破崙。
■指拿破崙於戰敗後被流放聖赫倫那島。

10：9

庇里牛斯山驚天動地的搖晃，
那不勒斯的火山烈焰沖天，
斷臂公爵從基希涅夫■
以眼色向摩里亞朋友打招呼。■
· · · · · · · · · · · ·
匕首Л · · · · · · · 陰影Б
· · · · · · · · · · · ·
· · · · · · · · · · · ·
· · · · · · · · · · · ·
· · · · · · · · · · · ·
· · · · · · · · · · · ·
· · · · · · · · · · · ·
· · · · · · · · · · · ·
· · · · · · · · · · · ·

■斷臂公爵指的是亞歷山大・伊普斯蘭提斯（Alexander Ypsilantis, 1792-1828）。他是希臘獨立戰爭（1821-1832）的領袖之一。

■本節描寫十九世紀二十年代歐洲各國的革命運動。基希涅夫（Кишинёв）是今天摩爾達維亞的首都。摩里亞（Морея）是希臘南部在中古世紀的名稱。伊普斯蘭提斯所率領的希臘獨立運動，最初是在基希涅夫籌畫。

國際會議上我們的沙皇宣稱：
「我將率領臣民鎮攝眾人」，■
至於你，當然不在乎，
你是亞歷山大一世的奴僕

■這是指亞歷山大一世在「神聖同盟」會議中的講話，會議召開的目的是商討如何壓制歐洲的革命運動。

當年巨人彼得的少年兵團，
如今是垂垂老矣的鬍子軍，
曾經把專制的暴君
出賣給一幫兇狠的劊子手。■
．．．．．．．．．．．．
．．．．．．．．．．．．
．．．．．．．．．．．．
．．．．．．．．．．．．
．．．．．．．．．．．．
．．．．．．．．．．．．
．．．．．．．．．．．．
．．．．．．．．．．．．
．．．．．．．．．．．．
．．．．．．．．．．．．

■少年兵團指的是謝苗諾夫禁衛軍兵團，原由彼得大帝幼年時打仗遊戲的玩伴為骨幹所組成的兵團。到他的孫子保羅一世時，這支禁衛軍可算是歷史悠久的兵團。由於他們受到賄賂，讓謀反份子潛入宮中，刺死沙皇保羅一世。

俄羅斯再度恢復平靜，
沙皇更是四處喧嚷狂歡，
豈知另一團燎原的星火，
或許，很早以前就已經■
· · · · · · · · · · · ·
· · · · · · · · · · · ·
· · · · · · · · · · · ·
· · · · · · · · · · · ·
· · · · · · · · · · · ·
· · · · · · · · · · · ·
· · · · · · · · · · · ·
· · · · · · · · · · · ·
· · · · · · · · · · · ·
· · · · · · · · · · · ·

■第十二節至十五節描寫反沙皇體制的十二月黨人的初期組織「解救同盟」（Союз спасения）與「幸福同盟」（Союз благоденствия）。

10 : 13

他們常有秘密聚會，
他們或者喝一杯葡萄酒，
或者乾一杯俄國伏特加
....
....
....
....
....
....
....
....
....
....
....

10：14

這家族的成員個個能言善道，
經常聚會，把酒暢談，
有時在憂心忡忡的尼基塔家，
有時在小心翼翼的伊里亞家。■
. . . .
. . . .
. . . .
. . . .
. . . .
. . . .
. . . .
. . . .
. . . .
. . . .

■尼基塔與伊里亞分別指：尼基塔．穆拉維約夫（Никита М. Муравьёв, 1796-1843），十二月黨人，曾任秘密組織「解救同盟」與「北社」（Северное общество）領導人之一；伊里亞．多爾戈魯科夫（Илья А. Долгоруков, 1797-1848），將軍，十二月黨人，是秘密組織「解救同盟」與「幸福同盟」的成員。

瑪斯、巴克科斯和維納斯的朋友，■
盧寧在此提出大膽的建議，■
希望大家採取果斷的措施，
他常興高采烈地喃喃自語。
普希金朗誦自創的《聖誕歌曲》。
雅庫什金一臉憂鬱，■
似乎，將那把刺殺沙皇的匕首
一語不發地正要往外抽。
瘸子屠格涅夫聆聽他們的言辭，■
他的眼中只有一個俄羅斯，
念茲在茲的是把理想付諸實施，
他憎恨農奴制度的皮鞭，
他預見這群年輕貴族
將挺身而出，拯救苦難的農奴。
．．．．．．．．．．

■瑪斯（Марс），古羅馬神話的戰神；巴克科斯（Вакх），古希臘神話的酒神；維納斯（Венера），古羅馬神話主掌愛與美的女神。

■盧寧（М. С. Лунин, 1787/1788-1845），禁衛軍中校，十二月黨人，大力主張暗殺沙皇。

■雅庫什金（И. Д. Якушкин, 1793-1857），「解救同盟」成員，曾於 1817 年建議暗殺沙皇，並自告奮勇，願意擔任刺客。他的提議於組織內引起爭論，受到大多數成員的反對。

■屠格涅夫（Николай Иванович Тургенев, 1789-1871），十二月黨「北社」的領導人之一。此屠格涅夫並非後來的著名作家屠格涅夫（ИванСергеевич Тургенев, 1818-1883）。

這是發生在冰封的涅瓦河畔，
然而另一方，早到的春光
閃閃發亮在青蔥鬱鬱的卡緬卡，■
以及丘陵起伏的圖利欽，■
那兒，第聶伯河沖刷的平原，
與布格河兩岸的草原，
駐紮著維特根斯泰殷軍團，■
事情的發展卻截然不同。
那兒，佩斯捷利準備對付暴君，■
正在……糾集兵馬的是
一位沉著冷靜的將軍，■
還有把他說服的穆拉維約夫，■
渾身充滿力量與勇氣，
加速事件爆發的時機。
…………………

■卡緬卡（Каменка），烏克蘭城市，十九世紀二十年代初，反政府的十二月黨團體「南社」（Южное общество）頻繁活動地區之一。普希金遭沙皇當局流放南方其間（1820-24），曾在卡緬卡參與十二月黨人的秘密集會。

■圖利欽（Тульчин），烏克蘭城市，十二月黨「南社」於 1821 年在此地成立，主張武力革命，推翻沙皇體制與農奴制度，建立共和政體。

■該軍團即是當時俄國第二軍，司令是維特根斯泰殷（П. Х. Витгенштейн, 1768-1843）。

■佩斯捷利（П. И. Пестель, 1793-1826），維特根斯泰殷軍團司令的副官，也是十二月黨人組織「南社」的領導人之一，起義失敗後被處以絞刑。

■冷靜的將軍指的是尤什涅夫斯基（А. П. Юшневский, 1786-1844），十二月黨人，「南社」領導人之一。

起初這些密謀只是
暢飲拉菲特與克利歌之際，■
好友唇槍舌戰的話題，
起兵造反的思想

尚未深入他們的心坎，
一切僅出於內心的苦悶，
是年輕人閒來無事的消遣，
是成年人胡鬧的遊戲，

似乎…………
豈知，繩索一環套一環…………
於是，俄羅斯…………
漸漸陷入一張秘密的羅網……

我們的沙皇卻兀自打著盹……
…………

■穆拉維約夫指的是塞爾格·穆拉維約夫-阿波斯托爾（Сергей И. Муравьёв-Апостол, 1796-1826），十二月黨人，「南社」領導人之一，起義失敗後被處以絞刑。

■拉菲特、克利歌，兩種法國香檳酒的品牌。

譯者導讀

關於《葉甫蓋尼・奧涅金》

宋雲森

長篇詩體小說《葉甫蓋尼・奧涅金》（以下簡稱《奧涅金》）的創作前後歷經約八年半，由一八二三年五月九日至一八三一年十月五日，是普希金嘔心瀝血之作。它的完整版單行本於一八三三年問世，標誌著俄國文學從此在世界文壇走出自己的道路，不再是西歐文學亦步亦趨的模仿者，甚至俄國終於有傲視世界文壇巨著的誕生。

普希金提筆創作《奧涅金》之初，正值浪漫主義文學的顛峰，英國詩人拜倫的詩歌風靡歐洲，包括俄國。普希金也曾是拜倫的崇拜者。普希金一直想要創作代表十九世紀俄羅斯年輕人的代表性人物，原本寄望於敘事詩《高加索囚徒》（«Кавказский пленник», 1822），但這篇作品的主角並不讓他滿意。於是，他有意仿效拜倫的長篇詩體小說《劍俠唐璜》（«Don Juan», 1817）與《恰爾德・哈羅德遊記》（«ChildeHarold'sPilgrimage», 1818）的風格，塑造十九世紀俄羅斯青年的典型。普希金認爲，「長篇詩體小說較之敘事詩，更適於呈現人物之個性」。

不過，動筆《奧涅金》不久，普希金又發現，浪漫主義的手法，多屬主觀與抒情的敘事，容易爲作品中的主人翁創造神秘的光環，無法具體並深入地呈現當代人物的特質與風貌，以及時代的氛圍。固然，《奧涅金》有些方面近似浪漫詩人拜倫的《劍俠唐璜》，例如：抒情的敘事、融合詩歌與散文的描寫、對於當代各種主題作格言式的論述等。但是，普希金對於主角與時代背景的刻畫，也脫離浪漫主義主觀而單一的觀點，而發展自成一格的寫實、客觀、多角度的描繪。從《奧涅金》的創作，我們可看到普希金已經走出拜倫的影響，開創自己的創作道路，並爲十九世紀俄國文學奠定寫實主義的基礎。本作品對俄國社會作多元角度的呈現，其廣度與深度在俄國文壇是前所未見，因此，當時著名的文學批評家別林斯基稱《奧涅金》是「俄國生活的百科全書」。

一、小說創作：時代背景

十八世紀末，十九世紀初，啓蒙思想與自由主義風靡歐洲，並衝擊俄國。一八一二年俄法戰爭之後，反法同盟的聯軍擊敗拿破崙。俄國軍隊於一八一五年之後紛紛返國，雖然是勝利之師，但年輕軍官征戰與駐紮外國其間，目睹西歐之民生繁榮與君主立憲，返國之後卻見祖國的經濟落後與封建專制，心生不滿。於是，這批貴族青年在俄羅斯帝國各地進行秘密結社，企圖集結力量，改革國家體制。這股力量於二十年代前期達到最高峰。

豈知，一八二五年十二月二十六日發生「十二月黨人」起義，支持君主立憲。翌日，起義旋即以失敗收場。新任沙皇尼古拉一世鐵腕箝制自由主義思想，「十二月黨人」或者處以絞刑，或者流放西伯利亞。熱愛自由、思想豐富、精力充沛的青年知識份子英雄無用武之力，面對令人窒息的政治氛圍，他們頹廢消沉，空虛苦悶，蹉跎年華。

普希金動筆《奧涅金》之初，即已起心動念，寫作這個時代的人物與故事，當時還未發生「十二月黨人」事件。「十二月黨人」起義時，普希金正寫作《奧涅金》第四章。這項起義對普希金的心理衝擊很大，因爲被處以絞刑或流放西伯利亞的起義領導人中很多是他的好友或當年沙皇村學校的同學。不少研究者認爲，普希金有意將主人翁奧涅金雕塑成一位十二月黨人。不過，這無法證實。奧涅金在小說最後並未加入十二月黨人的秘密結社。《奧涅金》完整版出書（一八三三年）之後，作者曾嘲弄地表示，這本著作尚未完成。我們可以推論，《奧涅金》的最後內容並非完全符合普希金心之所願，因爲他面對一個嚴酷的文字檢查體制。

二、人物典型：「多餘人」的男性與「俄羅斯靈魂」的女性

普希今在《奧涅金》中，栩栩如生地創造了十九世紀俄國青年的典型。其中，最重要的是：「多餘人」典型的奧涅金，「俄羅斯靈魂」化身的達吉雅娜。

1 奧涅金——「多餘人」的典型

小說中，奧涅金在決鬥中一槍打死連斯基，悔恨之餘，遠離故鄉，四海漂泊。達吉雅娜對他思念不已，流連於奧涅金居所。此時，作者描寫奧涅金房間的擺設時，特別強調：

還有一幅拜倫勳爵的畫像，

以及一尊柱狀的鐵鑄人像，
人像頭頂戴帽，愁眉不展，
雙手交叉在胸前。（7:19）

其中的鐵鑄人像是法國拿破崙。普希金在此透露拜倫與拿破崙是奧涅金所崇拜的對象。拜倫筆下的浪漫主義「東方敘事詩」所標榜的「拜倫式英雄」席捲歐洲，俄國知識青年自然深深感染此一時尚。「拜倫式英雄」的特質是：驕傲，情緒化，憤世嫉俗，深具反抗精神，內心常陷入苦痛。至於拿破崙，他高舉「自由、平等、博愛」的大旗，征戰歐洲各國，推動法國大革命的理想，企圖推翻各地封建政權。因此，他在歐洲，包括俄羅斯的自由主義青年知識份子的心中，塑造了「英雄神話」。拿破崙成了冒險主義的浪漫英雄。另一方面，拿破崙率領的法軍四處討伐，橫行暴虐，最後兵敗如山倒，也象徵自由主義思想的幻滅。普希金透過拜倫的畫像與拿破崙的肖像暗示奧涅金的內心世界與命運：自由主義，驕傲，苦悶，憤世嫉俗與理想的幻滅。

奧涅金是十九世紀俄國貴族進步青年的代表，厭惡僵化、愚昧的封建社會，不願與貴族階層同流合污，有意推動農村改革，改善農民生活，被地主與鄉紳視爲異端。奧涅金有學識，有理想，卻具俄國貴族致命的的弱點：紙醉金迷，生活慵懶，缺乏意志。奧涅金推動農村改革結果是虎頭蛇尾；讀書一知半解；想從事寫作也是半途而廢。最後落得一事無成，友情與愛情皆成空，四處漂泊，無處安身立命，宛如失根的蘭花。奧涅金空有滿腹理想，在俄國社會卻無用武之地，終日陷於憂鬱與苦悶。奧涅金的毛病在以下詩句一覽無遺：

青春年少又自在逍遙，
生命讓燦爛的勝利圍繞，
日日沉溺享樂，
然而，奧涅金是否快樂？
夜夜流連酒宴，舉止輕浮，
健康的生命是否虛度？（1:36）

他疾病已然上身，

原因早該追究，
英國人說那是「斯牌林」，
簡單說，俄國人的憂鬱
已漸漸纏繞他心頭；
謝天謝地！
他還不願一槍自我了結，
可對生命卻已了然無趣。
就像拜倫筆下的哈羅德，
憂鬱陰沉，慵懶厭倦……（1:38）

普希金說奧涅金患有「俄國人的憂鬱」（русская хандра），也就是這毛病是俄國青年貴族的普遍現象。奧涅金集十九世紀俄國知識份子的優缺點於一身。此後，俄國文學出現了一系列的這類型男性角色，如：萊蒙托夫筆下的畢秋林（《當代英雄》，1840）、赫爾岑的別爾托夫（《誰之過》，1846）、岡查洛夫的的奧勃洛莫夫（《奧勃洛莫夫》，1851）、屠格涅夫的羅亭（《羅亭》，1855）等。俄國著名小說家屠格涅夫在一八五〇年出版的作品《多餘人日記》（«Дневник лишнего человека», 1850）中，稱呼這類型人物爲「多餘人」。於是，奧涅金成爲俄國文學史上「多餘人」的始祖。

2 達吉雅娜——「俄羅斯靈魂」的化身

奧涅金是十九世紀俄羅斯男性的典型，達吉雅娜則爲女性的代表。二人有共通之處，又有本質上的差異。他們對俄國社會，尤其是貴族社會的紙醉金迷深具批判性，但心靈上又截然不同。奧涅金心靈深處是利己主義者，脫離俄羅斯人民與泥土，精神空虛；達吉雅娜個性純樸，外表恬靜，內心火熱，親近人民，眷戀大自然，小說中普希金以「俄羅斯靈魂」、「我可愛的理想」稱呼她。

達吉雅娜是普希金精心刻畫的理想人物。作者在女主角的身上賦予俄國人的民族精神，因此，也給予她俄國勞動婦女最傳統、最普遍的名字。正如作者所說，這個名字是「悅耳動聽」、「讓人聯想到姥姥的年代，還有婢女的廂房！」（2:24）。達吉雅娜生長於鄉村，她與農家出身的奶娘感情深厚，象徵她與俄國農民密切的聯繫。達吉雅娜喜愛俄國民間故事與習俗，她的靈魂深受俄國大自然的陶冶。她與俄羅斯土地的連結由以下詩歌片段可見一般：

達吉雅娜（擁有俄羅斯靈魂，
自己也說不出所以然）
熱愛俄羅斯的冬天，
熱愛那冷冷的美景，
還有陽光下凜冽的冰霜，
熱愛乘雪橇兜風，與晚霞中
閃閃發亮的玫瑰色雪片，
以及主顯節夜晚的幽暗。（5:4）

達吉雅娜深信不疑
民間古老的故事、
夢境與紙牌占卜，
還有月亮暗示的禍福。（5:5）

她漫遊的時間越來越長。
如今，一會兒是小溪，一會兒是山崗，
大自然美妙的風光
讓她不由自主地流連忘返。
好似與多年的老友，
與這樹林，與那草地，
滿腹的話不吐不快。（7:29）

有關達吉雅娜的描寫與俄羅斯的大自然（樹林、草地、冬雪、小溪、山崗）、民間生活（主顯節、雪橇）、民間習俗（占卜）等密切聯繫。甚至連她的夢境都充滿俄羅斯民間故事的色彩（狗熊、妖魔鬼怪）。另外，達吉雅娜對於奧涅金的熱情與純眞，對於丈夫的忠心矢志不移，也被視作俄國婦女美德的寫照。

一八二五年支持君主立憲的「十二月黨人起義」失敗，不少十二月黨人於次年被流放西伯利亞，他們的妻子無怨無悔地追隨丈夫遠赴苦寒之地。很多俄國讀者感覺，普希金透過達吉雅娜的美德，讚頌這些十二月黨人的妻子。因此，達吉雅娜反映俄國婦女的正面形象。之後的俄國文學中出現了很多傑出、優美的女性，讀者稱之為「俄羅斯婦女的畫廊」，達吉雅娜是名列其中的第一位。

三、人物對比：各類典型的形塑

對比是普希金小說創作中常見的手法，尤其是人物的對比。「多餘人」的奧涅金是十九世紀俄國男性的典型，「俄羅斯靈魂」的達吉雅娜是俄國女性的典型。二人即是顯而易見的對比。事實上，詩體小說《奧涅金》中還有不同組合的人物對比：奧涅金—連斯基，達吉雅娜—奧麗佳，普希金—奧涅金。在人物刻畫上，普希金採用強烈對比，讓人物特徵更為鮮明。同時，作者也達成文學中形塑當代青年典型的心願。奧涅金與達吉雅娜之外，連斯基與奧麗佳也是當時俄國青年不同的典型人物。

1　奧涅金—連斯基

奧涅金與連斯基都是城市貴族出身，並接受西方教育，擁有共同背景。因此，在視野狹隘的地主環繞的偏鄉，自然而然地結交爲好友，但由於二人個性與氣質格格不入，終究反目相向，導致悲劇結局，讓連斯基在決鬥中死於奧涅金槍下。在個性方面，小說中處處以奧涅金的「寒冰」對比連斯基的「熱火」。

終於相見。卻是海浪與岩石，
寒冰與熱火，散文與詩歌，
都不如他們天大的差距。
起初由於個性的差異，
話不投機很無趣……（2:13）

奧涅金對文學並無特別嗜好，他較關注社會封建與農奴制度的改革問題，因此，主要的興趣是政治學與近代資產階級的經濟學理論：

他對於詩律沒有多大熱情，

捨不得對此浪費生命，
不論我們如何絞盡腦汁說明，
他總是無法區別揚抑與抑揚，
批判荷馬與特伐克里托斯
他卻愛讀亞當・史密斯，
對於經濟他在行……（1:7）

至於小說中被稱爲詩人的連斯基，天性浪漫，充滿幻想，醉心於文學：

攜帶詩的豎琴走遍四海；
在席勒與歌德的天空下，
他們詩情的熱火
在他心靈熊熊燃燒；
幸運的他不曾屈辱
繆斯女神無上的藝術……（2:9）

二人對於男女之情的態度也是天差地遠。奧涅金久歷情場波濤，憤世嫉俗，遊戲人間，對於情為何物，他抱持懷疑主義的立場：

他不再眷戀任何美女，
追求女人只是逢場作戲。
讓人拒絕——頃刻安然無事，
遭人背叛——樂得怡然休憩。
追求女人，他不覺甜蜜，
拋棄女人，他不感惋惜，
管她們愛也好，恨也罷，
從來不把她們想起。（4:10）

連斯基則是少年不識愁滋味，熱情洋溢，充滿幻想，渴望愛情，也美化愛情：

他相信，有一顆親愛的心靈

有朝一日要與他心心相繫；
他相信，有一個她
孤寂憔悴，
日日夜夜都等待著他……（2:8）

奧涅金與連斯基都是當時新一代青年知識份子的代表，但分屬兩個對立面的類型。他們天性冰火不容，二人終須對決。「冰」固然是「火」的剋星，但決局對兩人都是悲劇。

2　達吉雅娜－奧麗佳

達吉雅娜與奧麗佳兩個姊妹是十九世紀俄國女性的兩個截然不同的典型。妹妹奧麗佳姿色不凡，活潑好動，喜愛社交，但卻膚淺、輕浮。她與連斯基陷入熱戀，卻經不起奧涅金略施手腕的挑逗，隨即在舞會中與奧涅金打情罵俏，完全忽視連斯基的存在。連斯基過世不久，她又投入別人的懷抱，遠走他鄉。普希金透過奧涅金的口透露，這類女性不是他所喜愛的典型：

奧麗佳臉上缺少生命力。
簡直是凡・戴克畫筆下的聖母像：
她那臉蛋圓圓又紅紅，
好似那無趣的月亮，
掛在那無趣的天空。（3:5）

達吉雅娜與妹妹分屬天南地北的兩極。她不如奧麗佳的豔麗，個性內向，喜愛閱讀與幻想，外表恬靜，內心熱情，愛情眞摯。她是普希金浪漫主義的理想化身。浪漫主義的理想是回歸自然，達吉雅娜在普希金筆下處處被自然元素環繞。她在初登場之際，作者形容她是「林中的小鹿」，雖然她經不起母親苦苦哀求，後來出嫁年邁的將軍，成爲莫斯科上流社會眾人矚目的對象，但仍然有如出淤泥而不染的蓮花，一心想回歸荒蕪的田園。以下的詩句中，達吉雅娜向奧涅金吐露自己的心跡：

然而，奧涅金，當前的富貴尊榮
於我卻是讓人生厭的浮雲虛榮，
我在上流社會旋風般的勝利，

我夜夜歡宴與時髦宅邸，
這些有何意義？我很樂意
將這些假面舞會的臭皮囊拋棄，
將所有這些喧嘩、酒醉與亮麗，
換取一櫃的書籍，與庭院的荒草萋萋，
換取寒傖的茅屋瓦舍，
換取昔日的偏僻舊地……（8:46）

3 普希金——奧涅金

做爲故事敘事人的普希金幾乎不參與情節的發展，卻不時打斷故事的進行，遊走在小說裡，無所不在。普希金的獨白與故事情節不時交錯穿插。敘事人或者對大自然美景作抒情的歌頌，或者爲自身的遭遇發出喟嘆，或者對人物與社會作嘲諷的評論，或者對情節與背景做寫實的敘事。普希金以奧涅金好友的身份見證男主角與其他人物的故事。他們二人形成特殊的對比關係，也爲小說構成特殊的敘事風格。

普希金在小說中忽而作客觀的敘述，忽而作主觀的抒情，相互穿插，並與奧涅金輪流登場，構成特殊的小說結構。難怪著名的俄國旅美小說家納博科夫（V. V. Nabokov, 1899-1977）認爲普希金是《奧涅金》中的「第二主人公」。小說中，普希金與奧涅金二人在出身與經歷方面雖有許多相似之處，但二人也有本質上的差異。例如以下詩節以作者本人的暴躁易怒對比奧涅金的抑鬱憂愁：

我暴躁易怒，他多愁憂愁；
我們都領略情慾的遊戲；
我們都經歷生活的磨難；
我們都熄滅內心的火焰；
兩人都遭遇無情的待遇，
來自盲目的命運女神與眾人，
在那人生旭日東昇的早晨。（1:45）

由以下的詩句顯示，故事敘事人熱愛俄羅斯的鄉村與大自然，大自然也成爲他詩意的泉源：

我天生習慣生活的安詳，
喜愛鄉村的寧靜；
在荒野的深處，
詩意的豎琴更嘹亮，
創作的靈感更鮮活。
悠然於閒暇的純眞，
倘佯於湖濱的荒涼……（1:55）

然而，奧涅金不同於作者，心理上脫離俄國的泥土。鄉居生活非奧涅金所喜，俄羅斯大自然讓他深感無趣：

孤寂空曠的田野，
幽暗清涼的樹林，
低聲輕吟的溪流，
頭兩天對他是新鮮。

豈知——樹林、小丘與田園，
第三天不再是有趣，
再後來他昏昏欲睡。
又後來他清楚明瞭，
鄉村同樣讓人無聊……（1:54）

小說第一章五十六節如此敘述：「我總是樂於表白奧涅金與我的不同」，似乎，普希金很不願意看到讀者將奧涅金視爲作者的化身。

四、詩學特色：「奧涅金詩節」

普希金以十四行詩寫作《奧涅金》，文字洗鍊流暢，節奏生動優美，深具音樂性，在俄國詩壇獨樹一格，譽爲「奧涅金詩節」（Онегинская строфа）。其實，普希金的十四行詩格式，在俄國雖爲首創，但在歐洲詩壇卻已流行多時。

普希金當初仿效拜倫的詩體小說《劍俠唐璜》創作《奧涅金》。不過，《劍俠唐璜》每詩節爲八行詩，普希金則採用十四行詩。早在普希金之前，歐洲詩壇已流行十四行詩，其中主要分爲「佩脫拉克十四行詩」（Petrarchan sonnet）與「莎士比亞十四行詩」（Shakespearean sonnet）。從詩歌結構而言，「奧涅金詩節」與「莎士比亞十四行詩」較爲接近。更何況，普希金一向喜愛莎士比亞的作品。因此，我們可以推斷，「奧涅金詩節」是發展自「莎士比亞十四行詩」。

所謂「奧涅金詩節」是每詩節十四行，由三個四行詩與一個兩行詩（又稱「對句」）組成。頭四行採交錯韻（abab），第二個四行爲重疊韻（ccdd），第三個四行—環抱韻（effe），最後的對句押同一韻（gg）。因此，韻腳的圖式爲：abab, ccdd, effe, gg。「奧涅金詩節」的押韻格式已不同於「莎士比亞十四行詩」的：abab, cdcd, efef, gg。如圖所示，「莎士比亞十四行詩」中，前三個四行詩的韻腳皆爲交錯韻，而「奧涅金詩節」採用三種不同的韻式。

另外，「奧涅金詩節」採用「抑揚格」（ямб）的韻律，即輕音節在先、重音節在後的起伏節奏，與「莎士比亞十四行詩」相同。不過，「莎士比亞十四行詩」每行都爲十個音節，而普希金採用九個或八個音節。於是，「奧涅金詩節」由第一至十四行每行音節數格式如下：9898, 9988, 9889, 88。

普希金創新韻律與韻腳，讓俄語詩體既活潑多變，又富節奏感與音樂性，既便於敘事，又利於抒情，朗誦起來明朗輕快，詩意盎然。不過，俄語屬綜合語，漢語屬分析語，二者在語音、語法、修辭等方面差異很大。將《奧涅金》翻譯爲漢語過程，「奧涅金詩節」的特色無法反映於譯文。如果勉強顧及俄語的音韻格律，將有損漢語的純樸與優美。

另外，「莎士比亞十四行詩」在語意上常具有鮮明的起、承、轉、合的功能：頭四行是「起」，第二個四行是「承」，第三個四行是「轉」，最後的對句是「合」。「奧涅金詩節」很多時候也繼承這項特色，不但是韻律的結構，也是語意的結構。例如以下描述連斯基的詩節（2:19）：

然而烈火的青春
任何事情都無法隱瞞。
憂愁與歡樂，愛情與仇恨，
他都不吐不爲快。
自認是情場傷痕累累一老兵，

奧涅金煞有介事地聆聽，
詩人愛作心靈的告白，
就讓他盡情的表白；
輕信於人，天眞爛漫，
他將內心展示無遺。
奧涅金輕易地知悉
他青春的風流韻事，
故事雖熱情洋溢，
對我們了無新意。

上述頭四行：「然而烈火的青春……不吐不爲快」，起著確定主題的作用；第二個四行：「自認是情場……盡情的表白」，扮演開展主題的功能；第三個四行：「輕信於人……風流韻事」，雖然沒有逆轉，繼續發揮主題，但也爲後來故事的發展預留伏筆；最後的對句：「故事……了無新意」，對主題作收場。收場中，普希金常作評論，有時甚至具有句或格言的色彩，有時則帶抒情味道。不過，普希金因應《奧涅金》

敘事內容，也會靈活變化，並未處處拘泥於這項起、承、轉、合的原則。基於漢語與俄語的差異，再加上考量譯文的優美與詩意，這項原則也無法完全呈現於漢語翻譯中。

五、小説結構：特徵與問題

《奧涅金》正文共八章：第一章描寫奧涅金的成長與家庭背景，介紹他成年之後的生活與思想，並交代他爲繼承伯父的遺產而來到鄉村；第二章敘述奧涅金結識連斯基的過程，描繪連斯基與奧麗佳兩人熱戀的故事，也把奧麗佳的家人與姊姊達吉雅娜推上舞台；第三章中，奧涅金在連斯基的邀請下造訪地主拉林家，因此結識達吉雅娜，達吉雅娜對主人翁一見鍾情，日夜思念，於是大膽寫信向奧涅金吐露愛意；第四章描述奧涅金如何回絕達吉雅娜的愛意，讓女主角深受打擊，日益憔悴。

第五章關於達吉雅娜的命名日聚會，會中達吉雅娜愁眉不展，而奧涅金卻故意挑逗奧麗佳，兩人打情罵俏，熱舞不休，引起連斯基心生不滿；第六章裡，連斯基向奧涅金挑戰，要求決鬥，結果連斯基喪命於男主角的槍下；第七章敘述奧涅金擊斃好友之後黯然離去，四海漂泊，而達吉雅娜傷心之餘，造訪奧涅金故居，瀏覽男主角的書籍與閱讀心得，探索他的內心世界；後來，女主角在母親苦苦哀求之下，嫁給一位年邁的將軍；第八章描寫男女主角再相逢：漂泊三年後的奧涅金來到莫斯科，意外碰見上流社會中閃耀的明星達吉雅娜，驚爲天人，於是展開熱烈追求，卻遭達吉雅娜一口回絕，奧涅金宛如遭受晴天霹靂，黯然神傷。

在主題與情節上，《奧涅金》每章相對完整，可以成爲各自獨立的個體，甚至很多詩節也可獨立存在。然而，各章前後串連，又組成一部不可分割的整體。但是，讀者在閱讀《奧涅金》的過程，也會對小說結構產生一些疑問：何以若干詩節保留順序編號，內容卻刪除，僅以虛線表示？何以有些詩節同樣情形，內容空缺，卻不見虛線？何以小說本文之後，還附錄《奧涅金旅遊的片段》與《第十章》？而《奧涅金旅遊的片段》內容似乎不甚完整，《第十章》更是零零落落？

答覆問題前，必須簡述本作品的創作歷史。在寫作《奧涅金》的八年多期間，普希金常常寫完幾節，隨即於雜誌或報刊發表，等到寫完一章，修正後再將完整的一章以單行本方式出版。後又將出版的各章彙整，經過刪補與修正，於一八三三年出刊第一版完整的《奧涅金》。這時的完整版與當初單獨發表的詩節或單獨各章在內容上已有不少出入。

由以下《奧涅金》片段我們可知在創作之初，在作者的心中，小說人物與情節發展並未完全確定：

自從朦朦朧朧的夢裡，
我首次見到青春的達吉雅娜
與奧涅金出現在一起——
當時，小說情節仍屬開放，
即使透過水晶球眺望，
我仍看不清故事的展望。（8:50）

創作期間，普希金體驗很多重要人生經歷與遭遇：因流放而周遊俄國南方邊陲，認識南方「十二月黨人」風起雲湧的秘密活動，目睹摩爾達維亞草原的壯闊，見識高加索山脈的雄偉，聆聽克里米亞波濤的凶猛，後又被軟禁於父母的莊園，結識娜塔莉雅並與她結婚等。其間發生「十二月黨人」起義，雖然作者因軟禁而逃過一劫，但起義的失敗對他的心理產生難以撫平的傷痛。這些豐富的人生經歷大都反映於《奧涅金》的創作。然而，部分內容雖然曾經發表，有的在各章單行本出版時遭刪除，有的於一八三三年首度發行的完整版中消失，有的生前從未發表，僅保存於草稿中，有的甚至未發表即遭作者自行燒毀。

這些刪減或修正，究其原因可能出於作者本身改變作品的構想，也可能接受出版界或評論家的建議。此外，普希金在《奧涅金》第一章六十節曾調侃沙皇政府文字檢查官員：「給審查官當還債，把勞動成果奉獻，讓評論家說東道西……」。由此推論，當時沙皇政府的文字檢查是普希金修正《奧涅金》的重要原因之一。因此，我們檢視遭刪除與生前未曾發表部分，很多是關於「十二月黨人」或強烈批判政府的內容。

因此，讀者可以發現，在第一章裡有不少部分僅列詩節編號，內容卻空缺，僅以虛線表示。於一八二五年二月十八日出版的第一章單行本中，普希金以注釋表示：「請注意，本章中以虛線表示的所有空白都是作者自己所空出來的」。很多評論家認爲，這是普希金對文字檢查制度的調侃。當時政府規定，不得用虛線表示被文字檢察官刪去的文字。有段期間，不論作家有何理由，政府甚至禁止採用虛線表示任何空白。所以，在第四章至第七章的個別單行本中，僅見若干詩節保留編號，不見內容，也不見虛線。這些現象保存於後來發表的完整版中。

針對這些以虛線表示的空白，小說家納博科夫在對《奧涅金》所做的注釋中曾經假設，「此處的空缺是虛擬的，它具有某種音樂意義，也就是沉思的停頓，是對被忽略的心跳聲的模仿，是情感虛擬的地平線……」。對於納博科夫這種說法，不見得所有的《奧涅金》研究者都能接受。

在普希金原來的構想中，還有關於奧涅金槍殺連斯基後四海漂泊的獨立一章，原訂為第八章。其中部分詩節曾於報刊發表。後來，普希金鑑於部分內容過於尖銳，恐無法通過文字檢查而自行刪除，僅將部分內容移至現行本的第八章（原訂的第九章）。原訂第八章的完整版已經遺失。普希金生前以《奧涅金旅遊的片段》之名，將殘存的內容列於《奧涅金》全文之後，做為附錄發表。

後來，學者在普希金的遺稿中發現一張寫於一八三〇年前後的紙條，紙條上普希金的筆跡寫著：「十月十九日燒毀第十支歌」。普希金常將詩名之為「歌」。學者又陸續尋獲這一章零零星星的片段。內容主要是關於「十二月黨人」的活動。這章的殘篇斷簡經過學者整理之後，以《第十章》之名出版。它最早的問世時間應該是一九三七年，出現於《奧涅金》的附錄中，由蘇聯國立「藝術」出版社發行於莫斯科。

另外，很多現行版本中還附錄《葉甫蓋尼・奧涅金》別稿，其內容是普希金先前陸陸續續發表的各章節、後於一八三三年《奧涅金》完整版中遭刪除的部分。《葉甫蓋尼・奧涅金》別稿可能徒增漢語讀者的困擾，僅適合學者的比對與研究，因此，不納入本書翻譯範圍。

學者推薦

攀登俄國文學的一座高山

政治大學斯拉夫語文學系
副教授兼系主任鄢定嘉

莫斯科市特維爾大街的普希金廣場上，普希金低頭沉思，常禮服外罩著長風衣，他的右手插入前襟，執帽的左手則放在身後。從一八八〇年起，這座含基座大約十一公尺高的青銅雕像，就靜靜站在莫斯科市中心，接受來自俄羅斯各地人民及世界各國旅客的瞻仰。

一九九七年五月二十一日，葉爾辛簽下總統令，明定每年六月六日為「普希金日」，並成立專門委員會，編列國家預算，贊助兩年後普希金兩百歲誕辰的各項慶祝活動。我猶記一九九九年俄國舉國歡慶的情景：人們搶購央行發行的普希金紀念幣，書店排滿普希金的作品和相關研究著作。最令我讚嘆的，則是普希金誕辰一個月前文化電視台每日播放的「《葉甫蓋尼・奧涅金》大接力」——街頭行人輪流背誦一段詩節。普希金之外，再沒有一位俄國經典作家獲得同胞如此熱情對待。

《葉甫蓋尼・奧涅金》（以下簡稱《奧涅金》）以同名主角為故事主軸，描寫奧涅金這位對生活冷感的「多餘人」前往鄉下繼承叔父的龐大遺產，與性格迴異的連斯基交上朋友，結識鄉紳拉林一家。他的出現吹皺達吉雅娜心內的一池春水，她大膽寄出情書表露心意卻遭到拒絕。百無聊賴的奧涅金在拉林家舞會上臨時起意，挑逗友人的未婚妻——達吉雅娜的妹妹奧麗佳。連斯基不堪受辱，要求奧涅金決鬥，因此命喪好友槍下，悔不當初的奧涅金遠走他鄉，從莫斯科一路南下來到克里米亞半島。奧麗佳痛失愛侶，雖然悲痛萬分，但在槍騎兵熱情追求下，不久即嫁做人婦。至此拉林一家只剩母親與達吉雅娜相依為命，為解決大女兒的終身大事，母親帶她來莫斯科的「未婚妻市集」（舞會）上亮相，在一次賓客雲集的大型舞會上，達吉雅娜吸引了將軍的目光。婚後達吉雅娜從鄉下姑娘蛻變為聖彼得堡上流貴婦，出眾的氣質吸引剛返鄉的奧涅金。往日多情少女已名花有主，奧涅金仍忍不住寫信傾訴衷曲，按耐不住相思之情闖入將軍府。捧信垂淚的達吉雅娜。她表白深藏內心的愛意，也堅定表示絕對忠於婚姻，最後留下一臉木然的奧涅金。

普希金被奉為俄羅斯文學之父，他的《奧涅金》在俄國文學系譜中佔有重要地位：這是作家從詩歌向小說轉型的巔峰之作，文中塑造患時代憂鬱症的「多餘人」與純潔「俄羅斯少女」兩種不朽的人物典型，標誌俄國文學從浪漫主義至寫實主義的轉向。這部作品成為柴可夫斯基的歌劇素材，優美動聽的詠嘆調感動無數觀眾，在俄國與英美被翻拍為電影，也譯成多國語言，以不同形式存在於藝術殿堂。即使如此，普希金的國際聲望卻始終低於托爾斯泰、杜斯妥也夫斯基、契訶夫等文壇晚輩。其原因為何？

令外國讀者感到疏離的時空背景是第一個重要因素。《奧涅金》被稱為一八二〇年代「俄羅斯生活百科全書」，閱讀此書的同時，可以穿越時光，來到十九世紀初的聖彼得堡、莫斯科，觀看主角房內的陳設擺飾，體驗他享受的美食珍饈，隨他進入劇院，欣賞芭蕾名伶曼妙舞姿，聆聽歌劇美聲。如果奧涅金享受的烤牛肉、鵝肝醬餡餅、松露等異國佳餚現代讀者亦能如數家珍，那麼，這位花花公子的生活型態、無聊苦悶情緒的根源，其時藝文環境和眾多人名，以及充滿濃厚俄羅斯民間情調的鄉間生活，則未必引起外國讀者甚至當代俄國讀者共鳴。無怪乎二十世紀下半葉，身在美國的納博科夫和愛沙尼亞的洛特曼（Yuri Lotman, 1922-1993），都為這部詩體小說做詳盡註解，成為翻譯和理解《奧涅金》的珍貴資料。

書中大量出現的抒情插敘（Digression），是妨礙讀者接受《奧涅金》的第二個因素。這位曾與奧涅金漫步涅瓦河畔的「我」，無疑是普希金本人的化身，他時不時中斷敘事，或讚嘆女性迷人的小腳，或面向讀者，表述感時花濺淚，恨別鳥驚心的個人感受，甚至批判俄羅斯年久失修的道路。此種敘事手法雖爲小說增加寫實效果，卻也造成讀者的閱讀障礙。

雖然《奧涅金》的情節主線是愛情故事，普希金卻選擇以詩體書寫小說。他擷取英國莎士比亞式十四行詩（sonnet）4+4+4+2的詩節結構，以及義大利佩托拉克式十四行詩規律的韻腳公式，創造傳世的「奧涅金詩節」（Onegin Stanza）——遵守「AbAbCCddEffEgg」的韻腳模式，四詩步抑揚格讀誦起來節奏清晰、音韻感十足，對母語人士而言，魅力自不在話下。然而，誠如俄裔美籍作家納博科夫所言：「詩人遠比小說家難以跨越國界」。詩歌翻譯牽涉層面廣泛，詩句在視覺效果上不如小說段落來得完整，詩人深思熟慮後提煉的詞語，則未必在另一個語言中找到等值詞語，而充滿音樂性的音節與韻腳，也往往無法體現於譯文中，譯語（Target Language）和原語（Source Language）若分屬不同語系，譯者面臨的挑戰更形艱鉅。

《奧涅金》的版本問題亦爲當代譯者必須處理的棘手難題。普希金耗費七年多時間才完成《奧涅金》初稿，隔年基於種種原因，刪除原定第八章的〈奧涅金旅遊片段〉，將其中幾個片段移入原本第九章，又在結尾處加上奧涅金致達吉雅娜書信。

文中原有許多針對時局發表的言論，考量無法通過書報審查制度，也被作家本人刪除，留下今日所見的八章版本。隨著版本學漸受重視，出版社紛紛增補一些散佚或刪除的片段，如何選擇、取捨，是當代譯者必須處理的棘手難題。

從一九四二年以來，華語世界至少出現十五個《奧涅金》的譯本，譯者不乏知名學者和作家，在不同政治氛圍與文化背景下，所依據的文本也不相同：有些參考英譯本，有些參考日譯本，有些則直接譯自俄語。目前國內唯一的《奧涅金》譯本，是作家鄭清文（1932-2017）以木村浩的日文譯本爲主，參考其他兩個日譯本與企鵝版英譯本翻譯而來，他將小說從詩體改爲散文體，還把以主角爲名的小說標題更改爲《永恆的戀人》，於一九七七年由志文出版社發行。

二〇二一年，台灣終於出現第一個《奧涅金》俄文直譯本。譯者宋雲森教授是我大學時代的恩師，以《貝爾金小說集》爲我開啓俄國短篇小說的世界，在他引領下一字一字閱讀普希金的課堂情景仍歷歷在目。宋老師退休後努力翻譯不輟，除了將鑽研數十年的《當代英雄》（2013, 2018）和《普希金小說集》（2016）譯成中文，也挑戰自我，完成俄國後現代作家薩沙・索科洛夫的長篇小說《愚人學校》（2017）的翻譯工作。現在，他展現驚人的毅力與不懈的努力，克服小說內容與形式上的層層難關，還寫導讀剖析時代背景、人物類型、作品結構與詩學特點，以嚴謹的學者之姿帶領讀者攀爬俄國文學一座難以征服的高山——《葉甫蓋尼・奧涅金》。

若有機會前往莫斯科，您不妨帶上這本翻譯小說，緩緩從紅場散步到普希金雕像前，大聲朗誦其中幾個詩節，待餘音散逸北國的空中，您一定能感受到作家雙眸放送的讚賞之情。

封面插畫：亞歷山大・謝爾蓋耶維奇・普希金
裝幀設計：王瓊瑤

亞歷山大・謝爾蓋耶維奇・普希金

俄羅斯詩人、作家，俄國浪漫主義的代表人物，也是俄國現實主義文學的奠基人，一七九九年出生於莫斯科，一八三七年於聖彼得堡離世，是十九世紀最出名的文學家。由於普希金統合了在他之前仍百家爭鳴的俄羅斯各民族語言，將通俗用語與文學語言相互融合，彰顯並確立了當今現代俄語的規範，因此也被尊稱為「俄國文學之父」、「俄國詩歌的太陽」，對往後許多世界知名的俄羅斯作家如托爾斯泰、杜斯妥也夫司基、萊蒙托夫、屠格涅夫等都有著深遠影響。

宋雲森

一九五六年生，台北人，國立政治大學東語系俄文組畢，美國堪薩斯大學斯拉夫語文系碩士，俄國莫斯科大學語文系博士。曾任中央通訊社記者，現任國立政治大學斯拉夫語文系教授。譯作有《普希金小說集》、《愚人學校》、《當代英雄》。

葉甫蓋尼・奧涅金

二〇二一年七月二十八日初版第一刷

作　　者　亞歷山大・謝爾蓋耶維奇・普希金
譯　　者　宋雲森
編　　輯　廖書逸
發 行 人　林聖修
出　　版　啟明出版事業股份有限公司
郵遞區號　一〇六八一
台北市大安區敦化南路二段
五十七號十二樓之一
電話　〇二二七〇八八三五一
總 經 銷　紅螞蟻圖書有限公司
法律顧問　北辰著作權事務所
定價標示於書衣封底。

ISBN 978-986-99701-7-4

國家圖書館出版品預行編目 (CIP) 資料

葉甫蓋尼・奧涅金 / 亞歷山大・謝爾蓋耶維奇・普希金
（Алекса́ндр Серге́евич Пу́шки）作；宋雲森譯。
——初版—— 臺北市：啟明，2021.07。
544 面；12.8 x 18.8 公分。
譯自：Евгений Онегин
ISBN 978-986-99701-7-4（精裝）

880.57　　　110005087

Евгений Онегин
Алекса́ндр Серге́евич Пу́шки